En hommage et reconnaissance

à M. Ovide Drouin

Maurice Audet, pte

Bazar à Bagamak

Vie dramatique d'une paroisse québécoise dans les années cinquante

MAURICE AUDET

Bazar à Bagamak

Éditions de Mortagne

édition : les Éditions de Mortagne

distribution : Les Presses Métropolitaines Inc.
175, boul. de Mortagne
Boucherville, Qué.
J4B 6G4
Tél. : (514) 641-0880

dépôt légal : Bibliothèque nationale du Canada
Bibliothèque nationale du Québec
1er trimestre 1983
ISBN 2-89074-058-7

IMPRIMÉ AU CANADA

TABLE DES MATIÈRES :

I. On organise un bazar 9

II. Les affaires se compliquent................ 33

III. Crise chez M. le vicaire................... 105

IV. Une catastrophe.......................... 133

V. En contemplant les ruines................ 155

CHAPITRE I

On organise un bazar

Juin 1958

— Deux heures et quarante-cinq ! Je vais sonner si fort qu'il va se réveiller.

Alfred Beaumarché entre dans le vestibule du presbytère de Bagamak, suivi de sa sœur et de son beau-frère. Il sonne longuement. Une dame vient ouvrir.

— Bonjour, madame. Le curé est-il ici ?

— Oui. Entrez. Vous avez de la visite ?

— Ma sœur et mon beau-frère de Montréal... Bonjour, Monsieur le Curé.

Sur le seuil du bureau vient d'apparaître Monsieur le Curé, petit homme dodu aux cheveux gris.

11

— Bonjour, Alfred. Tes visiteurs sont arrivés !

— Je vous présente ma sœur Claire avec son mari, Émile Lapointe.

— De Montréal, d'après ce qu'Alfred m'a dit.

— En effet, Monsieur le Curé, répond le beau-frère.

— Vous êtes venus passer la fête de la Confédération avec nous ?

— Eh oui ! Il fait si beau que nous avons entrepris ce voyage.

— Êtes-vous commerçant vous aussi ?

— Un « vice » familial ! Je suis représentant chez un manufacturier de tapis.

Puis, on cause du voyage de Montréal à Bagamak, de l'état des routes, du temps. Le curé invite bientôt à visiter l'église, le plus bel édifice de la petite ville minière du Nord. Face à la rue commerciale, au milieu d'une vaste pelouse, des ouvertures de style roman percent un mur en pierres grises rectangulaires ; un clocher élancé pointe au-dessus du portique. Une trentaine de pieds seulement séparent le presbytère de l'église ; mais le curé entraîne le groupe vers l'entrée principale, afin de donner une meilleure impression. Chemin faisant, il en profite :

— De l'autre côté de la rue, voyez le Beau-marché.

— La plus grosse épicerie-boucherie de la région, renchérit Alfred.

— Tu as raison d'être fier, Alfred... Vous trouvez dans la rue commerciale, en allant dans l'une ou

12

l'autre direction, toutes les catégories de magasins, comme à Montréal.

— Et des belles vitrines modernes, ajoute Claire qui veut placer son mot.

— Les deux édifices plus élevés, ce sont nos hôtels. La marquise surplombe l'entrée du théâtre. Et les structures grises que vous voyez au loin sont les puits de la mine Bagamak.

— Vous ne manquez de rien, dit le beau-frère.

— Rien qu'une chose : notre lac. La mine achève de l'emplir avec les résidus qu'elle y déverse continuellement.

— Ah ! Voilà la cause de la surface brunâtre de la terre que nous avons aperçue en arrivant.

— Toutes les rues secondaires sont pavées. Malheureusement, un grand nombre de maisons, construites sans ordre ni goût, montrent la croissance trop rapide de Bagamak. Dès l'ouverture de la mine, les gens bâtirent avant qu'aucun plan directeur d'urbanisme ne fût établi.

— La population est en majorité canadienne-française ?

— En forte majorité. Mais la population de langue anglaise possède la meilleure part du commerce et des postes de commande à la mine.

Ils entrent dans le temple. Peu à peu, les yeux s'habituent à la lumière tamisée par les carreaux jaunes et voient un agencement plaisant : bancs de chêne foncé, plancher de carreaux brun pâle, murs et voûte romane peints d'ivoire, dans le chœur un autel en marbre blanc à mosaïque dorée.

13

— Mon prédécesseur a bâti l'église. À sa mort, il y a huit ans, je lui ai succédé. Voici ma dernière amélioration.

Et le curé pointe vers le mur du sanctuaire, du côté de l'évangile, une série de longs tuyaux cuivrés.

— Écoutez bien. Ce carillon possède un timbre magnifique. Les servants de messe aiment le faire sonner au Sanctus et à la consécration.

Le curé entrouvre la porte de la balustrade, s'avance jusqu'au marchepied de l'autel, où il s'agenouille du côté droit et il appuie sur un bouton installé dans la contremarche du deuxième degré. Une cascade de sons roule dans la voûte. Tout fier, le curé recommence une seconde et une troisième fois.

— C'est plus moderne qu'en ville, chuchote Claire à son mari.

La démonstration terminée, le curé rejoint le groupe qui se dirige vers la sortie. Sur le perron, le beau-frère clame :

— Vous avez une belle église, Monsieur le Curé, peut-être la plus belle du Nord.

— Voyons le beau-frère. Ne dis pas « peut-être », car c'est la plus belle.

Le curé en rougit.

— Il ne manquerait plus qu'une chose à mon avis, Monsieur le Curé.

— Quoi ?

— Que pensez-vous d'un beau tapis qui recouvrirait tout le sanctuaire ?

— Ça coûte cher.

— Avec le bingo, je vous le paie en quelques mois, sans compter que mon beau-frère peut nous accorder un rabais.

— Assurément, dit le beau-frère en acquiesçant.

— Je vais y penser, Alfred.

Et pour éviter d'aller plus loin, le curé fait dévier la conversation.

— J'ai entendu dire que Louis songeait au sacerdoce.

— C'est vrai, mais il a le temps de changer d'idée d'ici l'an prochain. Il lui reste sa deuxième année de philosophie à passer.

Les derniers saluts échangés, Alfred Beaumarché et ses visiteurs prennent congé du curé.

Tout en allumant une cigarette, il les regarde aller. Alfred marche au milieu en oscillant comme un balancier.

Monsieur le curé Dénommé et Alfred Beaumarché, voilà les deux piliers de la paroisse de Bagamak. Ils sont nés pour s'entendre tant les deux personnalités s'harmonisent. Tous deux, courts et grassouillets, sont dans la soixantaine. Le curé avec une abondante chevelure grise, Alfred avec une simple couronne. Et tous deux se complètent sur le plan paroissial.

Leur amitié remonte à l'arrivée du curé à Bagamak. Il avait remarqué ce commerçant qui cherchait à se mettre en vedette. À cette époque, la paroisse portait une lourde dette. Le curé demanda un jour à Alfred d'organiser un bingo hebdomadaire. Il accepta. Le bingo, fonctionnant à merveille, permit de réduire considérablement la dette. L'activité d'Alfred Beaumarché ne s'est pas arrêtée là. Stimulé par le curé, il organisa des bazars et des parties de cartes pour défrayer les améliorations aux bâtiments de la cure. Monsieur le Curé le sait ! S'il n'avait pas eu Alfred, il n'aurait pas aujourd'hui cette magnifique église et ce presbytère confortable. Bien entendu, plusieurs autres personnes ont contribué à cette réussite. Toutefois, on peut dire qu'Alfred a joué le rôle de bras droit de Monsieur le Curé, qu'il a été la cheville ouvrière, l'agent de liaison. En reconnaissance de si grands services, Monsieur le Curé n'a jamais manqué l'occasion de lui faire plaisir. Combien de fois ne l'a-t-il pas invité à venir jouer aux cartes avec ses amis au presbytère ? Combien de fois n'est-il pas allé veiller chez lui ou encore à son chalet ? En public, Monsieur le Curé n'a pas ménagé non plus les louanges à son endroit. Le succès du bazar ou du bingo était toujours dû en grande partie à monsieur Alfred Beaumarché. Bonne publicité sans doute ! Le commerce d'Alfred n'a pas cessé de se développer depuis qu'il s'occupe des activités paroissiales.

Alfred et ses visiteurs entrent chez Beaumarché de l'autre côté de la rue. Le curé les regarde disparaître puis revient à petits pas vers le presbytère en pensant au tapis.

— Un tapis, ce serait chic ! Je me demande bien ce qu'Alfred va proposer ensuite. Si ça continue, l'évêque va déménager son évêché ici...

Vers six heures, le vicaire arrive en trombe, avec une brassée de journaux, de revues et de lettres.

Grand, frêle, les cheveux noirs taillés en brosse, l'œil vif, l'abbé Maurice Laflamme présente toutes les caractéristiques extérieures d'un tempérament nerveux. Il est jeune. En fait, il vient tout juste de célébrer son premier anniversaire d'ordination. D'un mouvement rapide, l'abbé classifie le courrier étalé sur le pupitre du bureau paroissial. Les journaux forment une pile, les lettres et revues pour Monsieur le Curé, une autre. Aucune n'est nécessaire pour le vicaire dont le courrier ne se compose habituellement que d'une revue ou d'une lettre publicitaire. Aujourd'hui, toutefois, c'est différent. Il y a une lettre de chez lui. L'abbé s'assoit, la décachette en un tournemain et commence la lecture, alors que Monsieur le Curé entre dans le bureau paroissial pour venir prendre son courrier.

— Mes parents se plaignent que je ne les visite pas souvent, Monsieur le Curé.

— Ça fait combien de temps que tu n'y es pas allé ?

— Une couple de mois.

— Tu n'abuses pas !

— Je serai en vacances bientôt. Nous aurons l'occasion de causer abondamment.

— Profites-en ! Tu ne les auras pas toujours tes parents !

La clochette annonce bientôt le souper. Vite, l'abbé jette un dernier coup d'œil sur la lettre et l'enfouit dans une poche de sa soutane en suivant le curé qui se dirige vers la salle à manger.

Tout le temps du souper, Monsieur le Curé commente la visite d'Alfred Beaumarché et de sa parenté. À mesure qu'il parle, son teint devient plus rosé, ses yeux s'animent. La possibilité d'acheter un tapis pour le sanctuaire le réjouit vivement. Ses joues se gonflent de joie.

— Monsieur Beaumarché vous a-t-il parlé de son garçon, Monsieur le Curé ?

— Oui. Il m'a dit que Louis avait l'intention d'entrer au grand séminaire l'an prochain.

— Croit-il que Louis y pense sérieusement ?

— Ah ! Nous n'en avons pas parlé longuement. Alfred m'a seulement laissé voir qu'un changement pouvait survenir avant l'an prochain, que Louis avait toute sa deuxième année de philosophie pour y penser.

— Louis doit venir causer ce soir avec Jean Durocher. Vous savez que Jean doit entrer au grand séminaire en septembre prochain.

— Oui tant mieux ! On a besoin de vicaires !

Six heures et demie. L'heure sacrée ! Monsieur le Curé, calé dans son fauteuil, et le vicaire, assis de travers sur le divan, regardent les bandes d'actualité à la télévision. Soudain, par les fenêtres entrouvertes, on entend des éclats de voix.

— Voilà mes gars ! Ils sont de bonne heure !

Et le vicaire se lève pour aller accueillir les visiteurs, pendant que le curé lui crie :

— Je vous rejoins dans une minute. J'ai un mot à dire à Louis.

Le vicaire ouvre.

— Bonsoir l'abbé.

— Entrez. Comment ça va, les amis ?

Sur les entrefaites, le curé arrive. Les salutations recommencent. On échange quelques taquineries jusqu'à ce que le curé dise à Louis :

— Tu diras à ton père que j'écris ce soir à Monseigneur afin d'obtenir l'autorisation d'acheter le tapis pour le sanctuaire. Que ton père se prépare à organiser un bazar. À propos, es-tu bien occupé cet été ?

— Non, Monsieur le Curé.

— Pourrais-tu aider à la préparation du bazar ?

— Certainement !

— Merci bien. Tu vas suivre les traces de ton père !

Et le curé sort faire sa petite marche rituelle autour de l'église.

— Venez vous asseoir sur la galerie pour que l'on cause à l'aise.

— Bonne idée, l'abbé, il fait si beau.

Dans la paroisse depuis un an, le vicaire s'est lié d'amitié avec ces deux collégiens. Les premières rencontres ont eu lieu au terrain de balle, l'été dernier. Les vacances de Noël ont permis d'autres contacts ; puis l'abbé n'a jamais manqué l'occasion de les visiter au collège en se rendant à Jélico, ville importante, située à une vingtaine de milles de Bagamak.

Jean Durocher vient de recevoir son baccalauréat ès arts ; âgé de vingt ans et haut de six pieds,

19

il possède plus de talent que d'argent. De son père mineur, il tient sa piété profonde et sa charpente musclée. Sa chevelure blonde et lisse et son front large lui donnent un air sévère.

Louis Beaumarché, âgé de dix-neuf ans, de stature moyenne, peut, grâce à l'argent de papa, satisfaire à peu près tous ses désirs, à commencer par les plaisirs de la bonne chère. Déjà obèse, les cheveux noirs et ondulés, Louis produit à première vue l'impression d'un bon vivant. Son intention d'entrer au grand séminaire l'an prochain a surpris quelque peu l'abbé. Sans être un mauvais garçon, Louis ne possède certainement pas la trempe de Jean.

— Dis-moi donc, Jean, ce que tes parents pensent de ta décision d'entrer au grand séminaire en septembre?

— Ah! Ils sont bien heureux..., mais ils se demandent où trouver l'argent. Tous les autres enfants me suivent et avancent dans leurs études. Robert vient de finir sa huitième année et voudrait aller au collège lui aussi.

— Le diocèse peut te prêter la somme nécessaire pour ton grand séminaire.

— Je le sais, mais il reste bien des dépenses. Heureusement que papa m'a obtenu un emploi à la mine pour tout l'été. Je commence demain.

— Et toi, Louis?

— Mon père semble un peu désappointé, car il espérait que, moi le cadet de la famille, je l'aide un jour dans son commerce. Mes frères ont tous choisi une autre carrière.

20

— Le bon Dieu y pourvoira d'une autre façon !

Tour à tour, ils s'informent de la vie au grand séminaire, comment elle diffère de la vie collégiale, etc. Un moment, Louis les invite à traverser chez lui pour manger une crème glacée.

— Que fais-tu demain, Louis ?

— Pas grand-chose, l'abbé.

— Si nous allions à votre chalet, demain après-midi.

— Ça marche.

Le lendemain, Louis vient chercher le vicaire après le dîner avec la camionnette du magasin paternel. Louis file sur la grand-route une couple de milles avant de s'engager dans un chemin de gravier. Au bout d'un demi-mille, la route quitte les terrains défrichés et monte en lacets parmi les rochers. Des bouleaux et des trembles rabougris ombragent ici et là les touffes de bleuets. Ils atteignent bientôt un plateau qui découvre à leurs yeux un spectacle lugubre. À perte de vue, des deux côtés du chemin, des bouleaux aux troncs calcinés tendent en vain vers le soleil leurs moignons de branches. Squelettes que le feu a laissés sur son passage. La route s'engage ensuite dans une descente tortueuse.

— On approche, dit Louis.

Peu à peu, les arbres verdoyants réapparaissent, de plus en plus denses. Quelques centaines de pieds plus bas, un lac miroite dans un écrin de verdure. Appelé lac Cœur, parce que d'une rondeur totale,

sauf une presqu'île tranchant un des bords. M. Beaumarché a acheté le plus beau terrain : la pointe. De
temps en temps, on entrevoit des chalets blottis sous
les arbres.

— Je ne pensais pas qu'il y avait autant de
chalets.

— Il y en a bien une trentaine. C'est la première
fois que vous venez ?

— Oui, je n'en avais pas encore eu l'occasion.

Le chemin se rétrécit, bifurque, se redresse. Au
passage, les pousses du printemps caressent les
flancs du camion qui débouche enfin dans une
éclaircie. Le chalet des parents de Louis, en billes
écorcées et vernies, se dresse juste en avant. Louis
stoppe.

— Le site est merveilleux !

— Attendez d'être sur la galerie.

Le vicaire allonge le pas sur le tapis d'aiguilles
rousses qui jonchent le sol.

— C'est splendide, Louis. On se croirait à la
proue d'un navire.

Du chalet situé à l'extrême pointe de la presqu'île,
le regard embrasse tout le pourtour du lac. Louis et
le vicaire demeurent quelques instants silencieux,
grisés par la brise ensoleillée.

— Regardez les chaises rustiques que j'ai construites l'été dernier.

— Je ne te croyais pas si bon menuisier.

Tous deux s'assoient et la conversation démarre.
On parle de mille et une choses : du temps, des
examens de la fin d'année, des sports. L'abbé est

ébahi de la facilité d'élocution de Louis, qui parle avec aisance et humour. «Franchement, se dit-il, Louis devrait être un prêtre épatant, même s'il n'a pas le talent de Jean.»

— Dire que c'est l'avant-dernier été que je passe ici comme laïc, soupire un moment Louis.

— Ça ne te cause pas trop de chagrin, j'espère.

— ...

— Dieu te le rendra au centuple...

— Si nous allions faire un tour de yacht.

— Bonne idée.

L'abbé a bien remarqué à son arrivée la svelte embarcation en fibre de verre, garnie à l'arrière d'un puissant moteur, clapotant dans l'onde, au bout de sa corde, pareille au cheval fougueux qui attend le cavalier pour s'élancer à pleine allure. Les deux hommes voient aux préparatifs ordinaires d'usage. Enfin, Louis détache l'amarre et prend place au volant, à côté de l'abbé. Dans une pétarade, le moteur démarre. Louis laisse le roulement se stabiliser, puis il pousse le levier d'embrayage. Tranquillement le hors-bord s'éloigne du ponton et pivote pour pointer vers le large. Le bateau bondit. L'abbé se cabre sur son siège, pendant que Louis s'esclaffe de rire.

— Il a de la puissance, hein!

— Tu m'as pris par surprise.

— C'est vraiment intéressant de pratiquer le ski aquatique avec ce bateau.

— En fais-tu beaucoup?

— Presque tous les jours, l'été dernier. J'ai même gagné le concours local, organisé à la fin de la saison.

Le yacht file maintenant à toute vitesse, étirant derrière lui un grand V d'écume.

— Tenez-vous bien ! On vire.

L'embarcation roule sur le côté, pendant que le moteur vrombit dans le remous à l'arrière.

— Nous allons sauter notre vague.

Louis ramène le volant, et le canot automobile s'élance à l'attaque de la vague soulevée quelques instants auparavant. Sous le choc de la coque, la vague éclate en gouttelettes projetées en arc de cercle. Durant une demi-heure, le hors-bord trace toutes sortes d'arabesques sur le lac. L'abbé aussi conduit durant quelques minutes ; puis, ils retournent au quai, l'abbé ravi de son après-midi, véritable jeu dans la belle nature de Dieu.

Le samedi arrive avec son cortège de besognes préparatoires au dimanche : séance de confessions, bulletin paroissial à préparer, etc. Au souper, Monsieur le Curé s'exclame tout rayonnant :

— Monseigneur me donne l'autorisation d'acheter le tapis ! Alors demain, laisse faire pour le sermon. Je vais leur annoncer la nouvelle.

— Parlerez-vous aussi du bazar que vous avez l'intention d'organiser ?

— Certainement. Je n'ai pas de temps à perdre. On m'a dit que les Castors se préparaient à lancer une souscription en vue de la construction de leur salle au début du mois d'août. Presque la moitié de la paroisse appartient à ce club neutre et la plupart des Anglais en ville en sont membres ; les Castors exercent une grande influence dont je dois tenir compte.

— Le projet était dans l'air depuis quelque temps. Ils ont donc décidé de passer à l'action.

— Si je ne veux pas ramasser les miettes, je dois être le premier à recueillir l'argent.

— Vous ne craignez pas que les Castors vous portent opposition ?

— Comme il ne s'agit que d'un bazar, les Castors savent que je n'épuiserai pas les ressources de la population ; alors ils ne devraient pas s'en soucier.

— C'est étonnant de voir toute la peine qu'il faut se donner pour financer une église.

— Tu n'as pas encore tout vu. Plus tard, quand tu seras curé, tu t'apercevras que la plus grande partie de ton temps y passera. Ramasser un dollar en faveur de l'église demande autant d'effort qu'en ramasser dix en faveur d'une organisation sportive, par exemple.

— Il ne reste plus grand temps pour le ministère.

— Que veux-tu ! Impossible de faire autrement.

Et Monsieur le Curé, qui soupçonne son jeune confrère de vouloir discuter de l'importance du ministère, fait dévier la conversation. « Ces jeunes, ils sont trop théoriques. À quoi bon discuter ! L'expérience de la vie les fera bien changer d'idée... Dire que je pensais de même », se dit-il dans son for intérieur.

Le dimanche, Alfred Beaumarché a coutume d'assister à la grand-messe, célébrée à dix heures. Ce dimanche-là 1er juillet, Alfred vient en compagnie de ses visiteurs. Juste avant d'entrer, il leur dit :

— J'ai bien hâte d'entendre le curé. Hier, quand il m'a téléphoné pour me dire qu'il avait reçu l'autorisation, il sautait de joie.

Alfred prend toujours un banc en avant, assez pour être remarqué, et pas trop pour ne pas être considéré comme un « rongeur de balustres ». La visite ne le fait déroger en rien à son habitude. La chorale, tant bien que mal, chante le *Kyrie* puis le *Gloria*. Un servant veut transporter le missel avant l'épître. Tout cela ne distrait pas Alfred, qui vit dans l'attente du sermon. Enfin, la lecture de l'Évangile approche. Le curé, en surplis de dentelle, apparaît dans la porte du chœur, fait une génuflexion et s'avance vers la chaire en promenant son regard sur l'assistance. Pendant que la foule s'assoit, Monsieur le Curé feuillette le livre d'annonces. Une fois tout le monde bien installé, il commence la litanie des annonces habituelles : l'heure des messes, du salut du Très-Saint-Sacrement, des confessions, le produit de la collecte des bancs et de la quête du dimanche précédent, les intentions des messes de la semaine, les publications de mariage. Puis l'ordre « Debout pour l'évangile » est donné. Ceux qui commencent à sommeiller se lèvent en retard. « Réflexion. » L'assistance se rassoit, et le curé lit le commentaire de l'évangile. Alfred soupire d'impatience. La lecture terminée, le curé referme le volume et le remet sur la tablette. Alfred est tout yeux, tout oreilles.

— Mes bien chers frères, depuis mon arrivée dans cette paroisse, j'ai travaillé à l'amélioration de votre église. Une année, nous avons fait le ménage. Une autre, nous avons réaménagé le parterre. L'orgue a été réparé. Il y a quelques mois, enfin, nous avons acheté un carillon électrique pour le sanctuaire. Nous possédons sans aucun doute, mes bien chers frères, la plus belle église de la région. Tout de même, il reste encore des améliorations à apporter. Un de nos meilleurs paroissiens m'a fait dernièrement une suggestion intéressante.

À ces mots, Alfred Beaumarché esquisse un large sourire.

— L'église est la maison de Dieu. Elle est son temple. Nous ne devons rien épargner pour lui rendre un culte digne de son infinie majesté. Rien n'est trop beau pour son service. Aussi, je crois sincèrement que le moment est venu d'acheter un magnifique tapis pour recouvrir, cette fois, non seulement le marchepied de l'autel, mais toute la partie dégagée du sanctuaire. Cette amélioration splendide en rehausserait la beauté de beaucoup.

Essoufflé par cette envolée oratoire, le curé s'arrête quelques instants.

— Je sais, chers paroissiens, que vous avez une grande foi, une grande générosité. C'est pourquoi je ne crains pas d'y faire appel. Son Excellence m'a donné l'autorisation d'acheter un tapis, si je peux le faire sans emprunter. Dans ce but, nous organiserons un bazar pour la fin de juillet, et j'espère former un comité pour s'en occuper d'ici quelques jours. Nous comptons sur la collaboration de tous, en particulier des mouvements paroissiaux : Dames de Sainte-Anne, Ligue du Sacré-Cœur, comité du bingo, les Enfants de Marie, la chorale. Chaque mouvement devrait avoir au moins une couple de kiosques...

Lundi soir, vers les huit heures, Alfred Beau-marché et les présidents et présidentes des différentes associations paroissiales se présentent au presbytère. Monsieur le Curé les a convoqués pour constituer un comité responsable du bazar. Ce n'est pas la première fois que Monsieur le Curé tient une réunion semblable. À chaque fois qu'on a organisé un gros bazar, le curé a toujours procédé de cette façon afin de s'assurer la collaboration du plus grand nombre.

Bien entendu, Alfred est le plus vieil habitué de ces caucus, quoique Mme Bernard Sauvageau, présidente des Dames de Sainte-Anne depuis dix ans, n'en a guère manqué. M. Ernest Larocque, président de la chorale, est une figure familière. Le président de la Ligue du Sacré-Cœur, M. Armand Bonin, est nouveau venu, ainsi que Mlle Henriette Lapointe, présidente des Enfants de Marie. Rien d'étonnant, puisque la Ligue du Sacré-Cœur de Bagamak était presque disparue jusqu'à septembre dernier, et que les Enfants de Marie voient leurs présidentes passer dans les rangs des Dames de Sainte-Anne à un rythme assez rapide.

Monsieur le Curé, pour leur montrer son estime, les introduit dans son bureau privé. S'il existe une pièce dont Monsieur le Curé soit fier, c'est bien son bureau. Un beau salon ou une belle salle à manger, on peut en trouver ailleurs à Bagamak. Un bureau semblable ! Il n'en existe guère dans cette petite

28

localité. Sa dimension considérable étonne d'abord en entrant; le regard se porte vers le magnifique pupitre en noyer qui trône à une extrémité de la pièce et que domine un crucifix en cuivre suspendu au mur turquoise. Deux fenêtres panoramiques découpent le mur extérieur. Le long des autres murs s'échelonnent quelques bibliothèques, un imposant appareil radiophonique et une couple de bouquets. Une demi-douzaine de beaux fauteuils sont disposés ici et là sur le tapis beige qui recouvre le plancher.

— Prenez-vous un fauteuil. Soyez comme chez vous.

Alfred sort son paquet de cigarettes et en offre à tout le monde.

— J'ai des bons cigares!

— Merci, Monsieur le Curé. Tout à l'heure, répond M. Bonin.

Le curé approche quelques cendriers, jette un coup d'œil alentour, puis vient prendre place à son pupitre. Son visage rondelet lui donne un air de bonhomie qui favorise la détente de ses invités. Mettre ses gens à l'aise, voilà un des principes pour réussir une réunion. Et Monsieur le Curé Dénommé s'y connaît dans l'art de diriger une discussion. Ce soir, il l'utilise à fond. Le curé laisse d'abord la conversation sauter librement d'un sujet à l'autre et, lorsqu'il s'aperçoit qu'elle commence à languir, que les sujets d'actualité ont été épuisés, il propose l'objet de la discussion de la soirée: l'organisation d'un bazar. Tous appuient la proposition, mais aussitôt Mme la présidente des Dames de Sainte-Anne objecte qu'elle ne pourra pas s'occuper de toute l'organisation. La présidente des Enfants de

Marie et le président de la chorale affirment qu'ils ne peuvent y consacrer beaucoup de temps. La situation paraît critique.

Alors Monsieur le Curé demande à Alfred :

— Connaîtriez-vous quelqu'un qui puisse se charger de tracer un plan d'ensemble des kiosques, des décorations. Il verrait aussi à la publicité, à stimuler chaque organisation paroissiale.

— Je pense bien que Louis serait prêt à accomplir ce travail.

— Très bien. Je lui en avais glissé un mot vendredi dernier, mais je n'étais pas sûr que vous pouviez vous en priver au magasin durant les vacances.

— Ce travail d'organisation devrait lui donner une bonne expérience, aussi je suis content qu'il en profite, ajoute Alfred.

— Bon. Un problème de réglé, dit le curé en allumant une cigarette. Maintenant qui va s'occuper de la construction des kiosques ?

— C'est un travail que les Ligueurs devraient pouvoir exécuter, s'empresse de dire M. Armand Bonin. Je le leur demanderai.

— Il nous reste à fixer les dates d'ouverture et de clôture du bazar. À mon avis, nous n'avons pas le choix. Nous devons tenir ce bazar avant la souscription des Castors qui aura lieu durant le mois d'août. Trois semaines nous donnent juste le temps de nous organiser. Je propose que le bazar ait lieu du dernier mercredi de juillet au vendredi soir suivant, du 25 au 27. Je prévois la clôture le vendredi, parce que bien des personnes aiment quitter la ville le samedi. Qu'en pensez-vous?

Le curé n'a pas sitôt fini de poser cette question qu'un enchevêtrement de réponses, heureusement favorables, se produit dans la pièce.

— Du bon travail de fait, dit Monsieur le Curé en donnant une tape sur son bureau pour appuyer son affirmation. Il est entendu que vous verrez à ce que vos groupements respectifs aient au moins deux kiosques... Il faut célébrer cela un peu. Que diriez-vous d'un bon verre de...

Et sans attendre de réponse, le curé se lève et sort prévenir la ménagère.

CHAPITRE II

Les affaires se compliquent

Le lendemain matin, quelque temps avant le dîner, Louis Beaumarché s'amène au presbytère. Il vient discuter de sa nomination avec le curé. Quand son père lui a communiqué la nouvelle en revenant du presbytère hier soir, Louis était enthousiasmé; mais la nuit porte conseil. Ce matin, il n'affiche pas le même sourire. « Je ne suis pas un artiste. Comment voulez-vous que je m'occupe des décorations? » Depuis que Louis est réveillé qu'il se marmonne ces paroles. Il se les répète même une dernière fois en sonnant à la porte du presbytère.

Monsieur le Curé, qui l'a vu arriver, vient l'accueillir à la porte.

— Bonjour, Monsieur le Curé.

— Bonjour, Louis. Entre donc. Quel bon vent t'amène?

— Vous le savez mieux que moi, Monsieur le Curé.

— Tu veux sans doute parler du bazar.

— Du bazar et de ma nomination.

— Qu'est-ce qui ne va pas?

Et sans laisser le temps à Louis de répondre, le curé l'invite d'un geste à passer dans son bureau pour causer plus à l'aise.

— Prends un fauteuil. Une cigarette?

— Merci bien, Monsieur le Curé.

Pendant que Louis allume sa cigarette, le curé pige un cigare dans la boîte posée sur une étagère.

— Tu avais l'air plus enchanté que cela, lorsque je t'ai parlé du bazar l'autre jour.

— Peut-être. Ah! cela me fait encore plaisir d'y collaborer, mais je me demande si je pourrai accomplir tout le travail.

— Qu'est-ce qui t'en empêche?

— Je n'ai pas de grandes aptitudes pour le dessin ou les décorations, Monsieur le Curé.

— Voilà le problème qui t'embarrasse. Ce n'est pas grave. Tu n'as qu'à trouver quelqu'un pour t'aider dans ce travail.

Louis hoche la tête en souriant. Il s'aperçoit qu'il était en train de se créer un problème pour un rien.

— Est-ce que tu connais quelqu'un qui peut t'aider?

Louis réfléchit un instant avant de répondre:

— Je n'en vois guère.

— Attends! Je vais y penser un peu.

Le curé prend une profonde bouffée de son cigare, puis il laisse échapper la fumée en volutes qu'il suit des yeux vers le plafond. Une minute s'écoule.

— Je l'ai. À l'école des filles, il y a une jeune institutrice qui a fait parler d'elle cette année : Jacqueline Latendresse. C'est la responsable de l'enseignement du dessin. L'exposition de cette année a remporté un succès sans précédent.

— Elle ne demeure pas loin d'ici, je crois.

— La rue en arrière de l'église. Je comprends que tu n'en aies pas entendu parler beaucoup puisque tu es absent de Bagamak durant l'année scolaire.

— Croyez-vous qu'elle accepterait de travailler au bazar ?

— Je pense bien. Elle n'a rien à faire. Je la vois passer plusieurs fois par jour dans les environs.

— Vous me donnez un bon conseil. Je vais la rencontrer aujourd'hui.

— Bon. Sois sans crainte Louis ; tu réussiras. D'ailleurs, tu as ton père pour t'aider.

Ragaillardi par cette remarque, Louis se lève avec entrain :

— Merci bien, Monsieur le Curé. Je vous en donnerai des nouvelles. Maintenant, l'abbé Laflamme est-il dans son bureau ?

— Il n'est pas sorti. Tu n'as qu'à monter.

Louis sort du bureau du curé, enfile le corridor qui conduit à l'escalier et gravit les marches deux par deux. L'escalier en gémit.

L'abbé Laflamme n'a pas le temps de crier « Qui est-ce ? » que Louis pénètre dans son bureau tout haletant.

— Bonjour, Louis. Tu es bien essoufflé. Ah ! Ces jeunes. Grimper un escalier les met hors d'haleine.

— Au moins, nous, nous transportons quelque chose..., réplique Louis en se tapant le ventre.

— Tu dois avoir du nouveau à me dire pour te dépêcher comme cela.

— Vous savez que le curé m'a demandé d'organiser le bazar.

— Oui. Il m'en a parlé au déjeuner.

— Ce matin, je suis venu lui demander conseil. Je me voyais incapable de m'occuper de la décoration tout seul.

— Que t'a-t-il proposé ?

— Il m'a suggéré de demander à Mlle Jacqueline Latendresse de m'aider. Monsieur le Curé affirme qu'elle s'y entend en dessin et en décoration.

— C'est vrai qu'elle possède un beau talent en ce domaine.

— Je vais me rendre chez elle tout de suite... Quand retournons-nous ensemble au lac, monsieur l'abbé ?

— Tu vas être occupé en ce temps-ci. De plus, je profite des vacances pour lire un peu. Durant l'année scolaire, je n'ai guère le temps.

Et l'abbé ramasse un volume ouvert sur son bureau pour le tendre à Louis.

— Hum ! C'est sérieux. « Études de métaphysique biblique », par C. Tresmontant. Bon. Je n'ai pas le temps ce matin, mais vous me direz une bonne fois de quoi l'on parle là-dedans.

— C'est bien. Bonjour !

Avant de continuer sa lecture, l'abbé songe quelques instants à ce que vient de lui dire Louis : son intention de demander à Jacqueline Latendresse de l'aider. Aux réunions des Enfants de Marie, l'abbé a eu l'occasion de la connaître. Jeune institutrice, elle termine sa première année d'enseignement.

D'octobre à janvier, Jacqueline a assisté à toutes les assemblées et apporté son concours à leur préparation. Elle était même une vedette parmi ses compagnes. Grande, mince, Jacqueline possède une tête remarquable : un visage large que découpent harmonieusement des arcades sourcillières prononcées et qu'encadre une abondante chevelure brune, roulée en clé de sol. Une compagne l'a proposée à la présidence du conseil, en janvier dernier. Jacqueline ne fut pas élue. Depuis lors, elle n'a paru qu'une fois à l'assemblée. « Pourvu qu'elle ne tombe pas dans l'œil de Louis ! », se répète le vicaire.

Dans un presbytère, les repas sont parfois les seuls temps de rencontre de la journée. On échange les nouvelles recueillies au cours de la journée, on transmet les messages téléphoniques reçus. En ce mardi soir, Monsieur le Curé avertit le vicaire que Mme Durocher a téléphoné au sujet de son fils Robert qui désire commencer son cours classique en septembre. Son mari se demande s'il sera en mesure de payer ces études en plus de celles de Jean, qui doit entrer au grand séminaire. De là, la conversation glisse sur le problème des vocations. Ce n'est pas Monsieur le Curé qui aime les grandes discussions où on règle tous les problèmes à coups de principes abstraits. Il sait trop bien que ces discussions conduisent souvent à rien. Aussi, laisse-t-il l'abbé Laflamme « s'enflammer », c'est le cas de le dire, sur le sujet. Le manque d'argent, la baisse de l'esprit chrétien dans nos foyers, le peu d'intérêt porté à cette œuvre par les prêtres, tout y passe.

Pendant ce temps, le curé fait le tour des plats. « Hum ! La bonne petite salade que la ménagère a préparée ce soir, se dit-il. Ça ne devrait pas me faire engraisser. Je vais me servir encore. » Monsieur le Curé n'est pas un gourmand, à cause de son médecin. Mais il est un peu gourmet, ce qui n'est pas grave et même légitime pour un homme accaparé par les soucis. C'est tout l'opposé du vicaire qui, tantôt le couteau en l'air, tantôt la fourchette, charge des ennemis invisibles. « Tu peux bien rester maigre », songe un moment le curé. Afin de ne pas manquer les nouvelles à la télévision, le curé lui rappelle de se remettre à manger. Il est grand temps. Monsieur le Curé est rendu au dessert, une succulente pointe de tarte aux cerises, et le vicaire a à peine entamé son steak. Avant de se taire, l'abbé Laflamme prend le temps de dire qu'il se rendra ce soir chez les Durocher.

La famille Durocher demeure dans l'une des rues secondaires où demeurent en majorité des mineurs. Elle habite une maison d'un étage et demi, en papier brun foncé imitant la brique, avec un étroit porche vitré. L'abbé va frapper lorsqu'il entend : « Sainte Marie, Mère de Dieu, priez pour nous... »

Sa montre marque sept heures et quart. Le chapelet à la radio est sur le point de se terminer. Après quelques instants, il frappe à la porte. Jean vient ouvrir :

— Bonsoir, Père, entrez donc.

Toute la maisonnée est là. Déjà maman Durocher se remet à laver la vaisselle avec l'aînée de ses filles. Dans le salon qu'une porte en arche sépare de la cuisine, monsieur Durocher, penché vers le téléviseur met l'image au point. Absorbé dans son travail, il n'a pas entendu le vicaire. L'abbé le regarde faire. À quarante ans, monsieur Durocher a l'air encore d'un jeune homme. Aucun fil gris dans sa chevelure brune. Pas d'embonpoint. Ses manches de chemise retroussées permettent de voir gonfler ses biceps à chaque mouvement. Quelle énergie doit posséder cet homme qui ne pèse pas plus de cent soixante livres !

— Bonsoir, monsieur Durocher, comment ça va ?

— Ah ! bonsoir, monsieur l'abbé, j'ai de la misère ce soir. Pourvu que je ne manque pas l'émission.

— Comment ! Votre gars, qui a étudié les sciences au collège est incapable de vous mettre cela au point ?

— On les connaît ces sciences-là. On leur enseigne combien d'électricité consomme un fer à repasser, mais on ne leur montre pas comment le réparer.

Monsieur Durocher, peu instruit, possède un gros bon sens et beaucoup de bonne humeur. L'abbé s'en est aperçu aux réunions de la Ligue du Sacré-Cœur.

41

— Bon, ça y est. Si l'appareil peut rester stable maintenant.

— Dites-moi, monsieur Durocher. Jean ne trouve pas le travail trop dur à la mine ?

— Il n'y a pas de danger. À cause de ses « sciences », ils lui ont donné un emploi au laboratoire.

Jean appuie l'affirmation de son père.

— C'est vrai, Père, je travaille au laboratoire comme assistant, et avec l'équipe de jour.

Monsieur Durocher la pipe dans une main et la blague dans l'autre, renchérit :

— Ah ! les jeunes sont plus chanceux que nous. Tenez, moi, je travaille à la mine depuis vingt et un ans, et je suis encore une semaine de jour et l'autre de nuit.

— Soyez assuré, monsieur Durocher, que vous avez accumulé beaucoup de mérites pour le ciel ; le bon Dieu vous bénit aussi, car Jean veut devenir prêtre.

— Assoyez-vous donc un peu monsieur l'abbé, pour parler de ça. Je suis prêt à le laisser aller et à l'aider comme je l'ai toujours fait, mais je me demande comment joindre les deux bouts.

— Papa, je devrais gagner près de trois cents dollars cet été.

— Je ne m'inquiète pas de toi ; mais ton petit frère Robert, qui vient de terminer sa huitième année, veut lui aussi aller au collège.

— Jean peut emprunter du diocèse tout l'argent nécessaire à son stage au grand séminaire. Bien entendu, Robert recevra une bourse comme celle que Jean recevait l'an dernier et peut-être que Monsieur le Curé, au nom de la paroisse, donnerait quelque chose en plus si...

— Lui en avez-vous déjà parlé, monsieur l'abbé ?

— Non. Il vaudrait mieux que vous lui en parliez vous-même.

Monsieur Durocher incline la tête, pense à son affaire un instant avant de dire :

— Tu devrais le voir Jean et lui exposer le problème. Après tout, cela fait assez longtemps que tu vis avec des prêtres. Si tu ne l'es pas encore, tu es mieux de te dépêcher parce que tu vivras toujours avec eux à l'avenir.

— J'irai le voir dans quelques jours. Il comprendra la situation.

On parle ensuite de choses et d'autres sans oublier les kiosques que la Ligue du Sacré-Cœur aura au bazar. Le jeune abbé aime faire de temps en temps une courte visite dans ce foyer. L'atmosphère familiale y est si chrétienne. On sent que toute la vie se déroule sous le regard du Sacré-Cœur, niché dans un coin du salon. À ses pieds, brille constamment une petite ampoule électrique, symbole de leur amour fidèle. N'est-ce pas chez lui un peu la même chose ? S'il pouvait en être ainsi dans plus de foyers, il n'y aurait plus de crise de vocations, songe-t-il. Vers les huit heures, l'abbé revient au presbytère.

Une semaine s'écoule depuis la formation du comité du bazar sans que rien ne bouge. Le lundi après-midi 9 juillet, Louis et Jacqueline, des rouleaux sous le bras, arrivent au presbytère :

— Bonjour, Monsieur le Curé. Vous commenciez à vous inquiéter. Vous allez voir que nous n'avons pas perdu notre temps. Jacqueline, montre à Monsieur le Curé le plan que nous avons tracé.

— Tous les kiosques sont placés en bordure du chemin qui encercle l'église. Vous avez là les kiosques des Dames de Sainte-Anne, un peu plus loin les deux des Enfants de Marie, là-bas ceux de la Ligue. Il manque encore les projets de la chorale. Nous avons rencontré chaque conseil, et nous leur avons offert de décorer les kiosques et de dessiner leurs affiches.

— Ah ! ça c'est bien ; quand commencez-vous ?

— Cet après-midi, si vous voulez nous ouvrir le sous-sol.

— Pour que vous puissiez venir travailler à votre aise, Louis, je vais te donner une clé du sous-sol. N'oubliez pas d'éteindre les lumières en quittant.

— Merci bien. Vous verrez que les décorations seront jolies.

Quelques instants plus tard, Louis et Jacqueline s'installent dans le sous-sol. On décide de débuter par le kiosque des Enfants de Marie. Louis est le responsable et Jacqueline sa collaboratrice. Sans qu'il s'en doute, les rôles sont souvent renversés. Jacqueline ne commande jamais. Oh non ! Elle se contente de suggérer au moment propice et avec un si beau sourire que Louis acquiesce toujours. Quand ils regardent le fruit de leur travail à la fin de l'après-midi, Jacqueline ne peut s'empêcher de dire :

44

— Si nous n'exécutons pas plus que deux affiches par après-midi nous devrons travailler le soir.

— Aïe, aïe, nous sommes en vacances et la construction des kiosques ne commence que, dans deux semaines.

Mardi après-midi, Louis arrive au sous-sol de bonne heure et se met au travail. De temps en temps, il s'arrête pour jeter un coup d'œil à sa montre.

— J'espère que Jacqueline n'oubliera pas de venir.

Soudain la porte du sous-sol s'entrouvre. C'est Jacqueline qui entre. Louis a l'impression qu'un rayon de soleil pénètre dans la salle. Jacqueline, vêtue d'une robe jaune clair, ne lui a jamais paru si radieuse.

Vers quatre heures, la porte du sous-sol s'ouvre de nouveau et laisse paraître le profil ovale du curé.

— Bonjour, Monsieur le Curé. Venez voir!

Tranquillement, le curé s'approche:

— Ah! vous êtes en train de dessiner les affiches du kiosque des Enfants de Marie. C'est beau!

— C'est Jacqueline qui les a presque toutes dessinées. Une chance que nous l'avons!

Jacqueline, qui veut placer son mot, montre au curé l'affiche en marche:

— Les Enfants de Marie auront le comptoir de la pêche miraculeuse.

On peut déjà voir sur le grand carton une énorme truite mouchetée, se débattant au bout d'une canne.

— Louis nous a promis d'aller en pêcher quelques douzaines et, de temps en temps, nous en accrocherons à la canne des gens. Nous aurons le meilleur comptoir du bazar !

— Vous en garderez quelques-unes pour votre curé !

— Si vous payez..., rétorque Louis en riant.

— Tu « seras bien d'affaires » comme ton père. Ah ! J'aime ça voir deux jeunesses comme vous deux qui se dévouent pour leur église. Si elles étaient plus nombreuses... J'espère que vous ne perdrez pas votre entrain. Tout le succès du bazar dépend de votre travail.

— Soyez sans crainte, Monsieur le Curé, répondent ensemble Louis et Jacqueline.

Satisfait de la marche des travaux, le curé s'en retourne, l'air épanoui. D'ici un mois, cette salle débordera d'activité, songe-t-il. Encore un autre bazar ! Beaucoup de travail pour ramasser un peu d'argent. Que voulez-vous ? Il n'y a pas moyen de faire autrement. Sans ces organisations, je n'aurais jamais pu améliorer l'église, le presbytère. Heureusement que ce travail achève parce que je commence à être fatigué. Alfred et plusieurs autres doivent l'être aussi. Une fois le tapis posé et payé, nous allons nous reposer un peu. Après tout Bagamak, n'est-ce pas déjà la plus belle paroisse de la région ?

Comme le curé gravit le perron du presbytère, le vicaire arrive à la porte, la valise aux malades à la main :

— Qui est malade ?

— C'est monsieur Durocher, il vient d'être blessé à la mine.

— Tiens! voici les clés.

Le vicaire saute dans l'automobile du curé et part en vitesse. Le visage pâle, les mains crispées sur le volant, l'abbé roule quelques centaines de verges sur la rue principale avant d'emprunter une rue secondaire qui conduit à l'entrée de la mine. Ici et là, des piétons se retournent pour identifier le bolide qui vient de passer. Le policier en fonction à la barrière de la mine lui fait signe d'arrêter:

— Voyons! il me connaît pourtant...

— On vient de le transporter à la clinique de la mine.

Et du doigt le policier indique une porte ornée d'un médaillon blanc décoré d'une croix rouge.

En entrant dans la clinique, l'abbé fait face au docteur de la compagnie:

— Comment se porte-t-il, docteur?

— Cela aurait pu être pire: il semble n'avoir qu'une fracture de la jambe droite.

— Ça me soulage.

— Vous pouvez le voir. Il est dans la pièce voisine.

D'un pas léger, l'abbé entre dans la chambre. Monsieur Durocher, allongé sur un lit, esquisse un sourire en le voyant. Jean est assis à ses côtés.

— Bonjour, monsieur l'abbé. Me voilà « bien emmanché ».

— Bonjour, monsieur Durocher. Souffrez-vous beaucoup?

— Non, le docteur m'a donné une injection. Dans quelques minutes, l'ambulance doit me transporter à l'hôpital de Jélico.

— L'accident aurait pu être plus grave.

— Ah oui! J'étais en train de faire tomber de la voûte de la galerie souterraine quelques roches partiellement dégagées de la paroi, lorsqu'un éboulis s'est produit. Vite, je me suis reculé. L'éboulis m'a frôlé le corps et a heurté ma jambe droite au passage.

— Vous l'avez échappé belle. Étiez-vous seul à ce moment?

— Non. Mon compagnon de travail est accouru et m'a mis à l'abri avant d'aller chercher du secours.

— D'ici quelques semaines vous serez rétabli.

— Jean a téléphoné à ma femme tantôt; mais pourriez-vous arrêter chez moi à votre retour et lui dire de ne pas s'inquiéter.

— Certainement, monsieur Durocher.

Jean interrompt la conversation pour signaler l'arrivée de l'ambulance. L'abbé se lève, dit une dernière parole d'encouragement et promet de lui rendre visite durant sa convalescence.

La visite au foyer est une autre surprise. Madame Durocher vient ouvrir, vêtue d'un tablier à dessins fleuris. Dès son entrée, l'abbé peut lire sur le visage de la mère l'inquiétude que produit sa visite inattendue. Elle le fixe de ses yeux bleus en replaçant une mèche de cheveux châtains sur la tempe. Pour calmer son anxiété, l'abbé s'empresse de lui affirmer que l'accident n'est pas trop sérieux : une fracture de la jambe droite. Quand même, c'est une autre épreuve dans la vie de ce foyer. Aucune critique cependant de madame Durocher à l'égard de la Providence. Non ! La petite ampoule brille toujours aux pieds du Sacré-Cœur de Montmartre qui, les bras étendus, semble dire plus que jamais : « Venez à moi vous tous qui souffrez. »

Madame Durocher laisse échapper d'ailleurs cette remarque :

— Le bon Dieu sait ce qu'il fait...

Quand il revient au presbytère, l'abbé se demande s'il n'a pas reçu un plus grand réconfort de la famille Durocher qu'il ne lui en a apporté. Cette soumission à la divine Providence l'a bien impressionné.

Après le souper, Jean se rend au presbytère raconter en détail les circonstances de l'accident. Il a l'air songeur : « Combien de temps sera immobilisé son père ? Combien perdra-t-il de salaire ? »

Voilà les questions qui le harcèlent sans cesse. Pour le distraire un peu, l'abbé fait tourner le dernier disque qu'il vient d'acheter. Comme l'abbé s'y attend, le disque ne suscite aucun intérêt. Il n'offre pas d'en faire jouer un deuxième.

— Dès que tu auras des nouvelles du médecin, tu me le diras, et tâche de ne pas trop te tracasser. Si le Seigneur te veut prêtre, il arrangera les choses pour que cela se réalise.

Ce langage direct fait choc dans l'âme du garçon, dont le visage paraît se détendre quelque peu. Jean promet de revenir le lendemain.

Le lendemain après-midi, en regardant par la fenêtre, l'abbé voit arriver Louis et Jacqueline. « Je devrais aller voir où ils en sont rendus dans leurs travaux », se dit-il.

Louis et Jacqueline se mettent au travail sans tarder. Il reste seulement deux semaines avant l'ouverture du bazar, aussi faut-il se dépêcher. Heureusement, la chorale s'est décidée à leur communiquer ses projets.

S'occuper de la confection des panneaux-réclame de chaque kiosque, de la décoration du soubassement de l'église, de la publicité et coordonner les préparatifs des groupements paroissiaux exigent un temps considérable et un travail pénible en ce bel été.

— Jacqueline! Les gens ont besoin de venir... Ce n'est pas drôle de passer l'après-midi à l'intérieur par un si beau temps.

— Hier, je suis allée me baigner. L'eau était bonne! J'ai même fait du ski aquatique; je pensais que c'était difficile.

— C'est plus facile que le ski d'hiver et il y a moins de danger en tombant.

— Est-ce vrai, Louis, que tu étais le champion du lac Cœur l'été dernier.

— C'est vrai.

— Vas-tu concourir cette année?

— Je ne sais pas; avec ce bazar je n'aurai pas le temps de m'entraîner beaucoup... De plus, je pense au sacerdoce...

— Ça ne dérange rien. Les gens te connaissent.

Si j'étais à ta place, je ne m'en ferais pas tant. Il n'y a pas de mal après tout...

Louis soupçonne qu'elle veut se faire inviter, mais ne tient pas à l'emmener au camp; il se met à chercher un compromis tout en travaillant.

— On présente un bon film ce soir au cinéma. L'as-tu déjà vu?

— Non.

— *Untamed Youth*, je pense... Est-ce que cela t'intéresserait de le voir?

— Oui...

Ni l'un ni l'autre n'ont entendu entrer l'abbé qui s'approche.

— Comment réussissez-vous votre barbouillage?

— Bonjour, monsieur l'abbé. Pas mal, pas mal. Tenez! Regardez cette affiche que Jacqueline a réalisée pour la Ligue. On dirait un Picasso.

— Montre-lui donc une des tiennes, Louis!

Afin de donner l'avantage à Jacqueline, l'abbé s'exclame devant un panneau au lettrage inégal que lui présente Louis:

— C'est sûrement de l'école primitive. Ma foi, on devrait organiser une vente à l'enchère pour vos affiches après le bazar, on aurait une chance de défrayer... le carton!

Et tout le monde de rigoler. De crainte de les avoir un peu découragés, l'abbé reprend:

— Franchement vous travaillez bien. Les kiosques devraient être très jolis... Vous prenez le temps de vous reposer tout de même?

51

— Ne craignez rien. Louis m'invite à l'accompagner au cinéma, ce soir. On y passe un bon film : *Untamed Youth.*

Au souper, pendant qu'ils dissèquent ensemble les événements de la journée, le vicaire en profite pour exprimer au curé une inquiétude qui commence à le tourmenter.

— Vous ne pensez pas, Monsieur le Curé, qu'il peut y avoir danger pour la vocation de Louis d'être en contact si prolongé et si intime avec Jacqueline.

— Ils ne sont plus des enfants.

— Voilà la raison. Je suis allé les voir travailler cet après-midi et je vous assure que la belle Jacqueline lui fait les yeux doux. Elle m'a même annoncé qu'ils vont au cinéma ce soir. Elle en avait l'air tout heureuse. Je me demande si nous ne pourrions pas...

— Tu te tracasses inutilement. D'ailleurs, nous ne sommes pas pour passer l'après-midi avec eux, et je ne puis m'en priver pour la préparation du bazar.

L'abbé revient à la charge. Peine perdue, le curé ne l'écoute plus. Pire, il appelle la servante pour lui demander la crème qu'elle a oublié de mettre sur la table.

Toute discussion devenant inutile, le vicaire décide de se taire jusqu'à ce que le curé relance la conversation sur un autre sujet.

Jean se présente au presbytère durant la soirée. Ses yeux ternes annoncent des nouvelles pas « fameuses ».

— Bonsoir, Jean. Tu as l'air morose? Quelles sont les dernières nouvelles?

— Je suis allé visiter papa avec le médecin de la compagnie après mon travail. Papa a la jambe fracturée à deux endroits et sera empêché de travailler durant au moins deux mois. Il reviendra à la maison dans quelques jours.

— Comment ton père semble-t-il prendre cela?

— Papa, vous le connaissez, garde tous ses soucis en dedans. Il s'est contenté de me dire que le Sacré-Cœur arrangerait les choses pour le mieux. Il a plus de foi que moi, je vous l'assure. En revenant de l'hôpital, j'ai causé avec le médecin des avantages de l'assurance-accidents. Je vous dis que ce n'est pas « riche ». Papa va perdre plusieurs centaines de dollars en salaire si l'on tient compte des suppléments qu'il ne recevra pas.

— Je te comprends, Jean. Tu penses à Robert qui veut commencer son cours classique en septembre.

— Oui. J'ai peur que papa ne puisse plus rien payer dans les circonstances.

— As-tu rencontré Monsieur le Curé?

— Pas encore, je me proposais de le voir, ce soir.

— Tu tombes mal. Il est sorti pour la soirée, mais demain, tu ne dois pas travailler l'après-midi? Viens donc vers trois heures et demie. S'il ne peut rien faire lui-même, peut-être pourrait-il trouver un bienfaiteur pour Robert? Quant à moi, franchement, je ne suis pas capable. J'ai ma dette de séminaire à payer. La ménagère gagne plus que moi et elle se plaint. Ce n'est pas comme vicaire qu'on s'enrichit.

— Je le sais, monsieur l'abbé. Voudriez-vous dire à Monsieur le Curé que je viendrai demain après-midi à la sortie de la mine? Il faut que je retourne à la maison.

— Si tu as d'autres nouvelles, avertis-moi.

Pendant ce temps, au théâtre Capitol, Louis et Jacqueline assistent au déroulement du film *Untamed Youth*, chaud à tous les points de vue. L'héroïne, une jolie brunette à la poitrine saillante, joue tous ses atouts pour faire la conquête du prince charmant. Louis, surpris quelque peu par ce genre de film, songe à certains ciné-clubs tenus au collège. Jacqueline s'aperçoit de son inattention:

— Qu'est-ce que t'as? T'as pas l'air intéressé?

— Ah! ce n'est pas ça...

— Elle est jolie...

Jacqueline ne peut s'empêcher de frémir durant les scènes passionnées. Peu à peu, sa tête s'incline et vient s'appuyer langoureusement sur l'épaule de Louis. Sa chevelure soyeuse caresse sa joue. Il n'a qu'à se retourner pour l'embrasser. Il ne sait plus quoi penser. L'idéal de sa vocation clignote dans sa conscience. «Si je m'éloigne, elle va se demander quelle sorte de garçon je suis.» Tourmenté, indécis, il choisit de laisser faire: rien pour, rien contre. Jacqueline instinctivement glisse sa main droite sur la main gauche de Louis. La douce chaleur de sa main se communique à tout l'être de Louis. Il a déjà rencontré des jeunes filles, sans jamais ressentir les émotions de ce soir. Son âme est toute troublée. Des doigts graciles qui jouent sur le dos de sa main créent en lui des résonances inconnues jusqu'à ce jour. Le film terminé, Louis se sent bien obligé d'offrir une collation à Jacqueline ; il préférerait retourner chez lui immédiatement.

Pendant qu'ils sirotent un lait chocolaté, Jacqueline revit tout le mélodrame du film. Tout en elle, ce soir, pétille de vie. La collation finie, Louis la reconduit chez elle. Il ne faudrait pas longer le presbytère... Toutes ces pensées se précipitent dans le cerveau du jeune homme. La belle, contente de ce que Louis a choisi un trajet plus long, ne fait aucune remarque.

— Un beau clair de lune.

— Ce doit être merveilleux au lac.

— J'ai assez hâte que tu m'emmènes.

Ils s'en vont, main dans la main, en causant de mille et une bagatelles. Arrivés devant le domicile de Jacqueline, celle-ci se retourne et sans dire un mot regarde Louis dans les yeux.

— J'espère que tu es contente de ta soirée. Maintenant, il est assez tard ; si tu veux je vais m'en aller.

— Oh, oui, je suis bien contente, il faudra recommencer.

Jacqueline ne bouge pas, ne semble pas vouloir s'éloigner. Au contraire, elle attend quelque chose.

— Bonsoir, Jacqueline... la prochaine fois, dit Louis qui intuitionne son désir. À lundi après-midi.

Pendant qu'il revient chez lui à grands pas, Louis prend quelques profondes respirations pour se soulager de la tension qu'il a subie toute la soirée.

Le lendemain après-midi, Jean se dirige vers le presbytère. Manches retroussées et boîte à lunch sous le bras, on le confondrait avec tout autre journalier. Monsieur le Curé, assis sur la galerie, la tête plongée dans un journal, ne le voit pas approcher.

— Bonjour, Monsieur le Curé.

D'un mouvement brusque, le curé rabat le journal qui lui masque la vue.

— Ah! bonjour Jean. Comment ça va?

Jean en gravissant le perron:

— Comme ci, comme ça, depuis l'accident de papa.

— J'ai appris la mauvaise nouvelle. Vous n'êtes pas chanceux. Assois-toi que l'on cause un peu.

— Vous êtes bien aimable, Monsieur le Curé. Je venais précisément pour vous exposer un problème. Vous savez que papa sera immobilisé au moins deux mois. Comme il ne retirera que la compensation durant cette période, il ne pourra économiser aucune somme d'argent. Nous sommes nombreux à la maison. Les dépenses courantes sont considérables. En fait, papa a été incapable d'épargner depuis mon entrée au collège, puisqu'il devait payer sa maison en même temps.

— C'est vrai... et, malheureusement, vous n'êtes pas les seuls dans cette situation.

— Papa a réussi à m'obtenir un bel emploi à la mine durant les vacances. Je travaille dans le laboratoire. Avec mon salaire et le prêt du diocèse, je devrais rencontrer les dépenses de ma première année de grand séminaire; mais, il y a mon jeune frère, Robert. Il vient de terminer sa huitième année. Premier toute l'année, c'est maintenant son tour ; il veut aller au collège et devenir prêtre.

— Robert! C'est un de nos bons servants!

— Ce serait dommage qu'il ne puisse commencer son cours classique cette année.

— Je voudrais vous aider... le curé fait une pause, mais je crois que cela sera difficile. Nous avons plusieurs demandes de secours ; puis, l'évêque taxe tous nos revenus... Personnellement, je n'en ai pas les moyens. La paroisse, guère plus. Nous avons de grosses dépenses. Par exemple, il faut acheter un tapis pour le sanctuaire et, pour le payer, nous devons organiser un bazar. Ah! franchement, cela m'attriste beaucoup, mais c'est impossible.

— Je ne voudrais pas demander l'impossible, Monsieur le Curé.

— Jean, tu pourrais peut-être demander l'assistance de quelques riches de la place? Tu les connais. Vas donc les voir.

Jean baisse la tête. La suggestion de Monsieur le Curé n'a pas l'air de l'enthousiasmer.

Que faire? se demande le curé. J'aurais besoin de millions pour répondre à toutes les demandes de secours... mais les Durocher ont rendu trop de services à la paroisse pour que je laisse Jean partir dans cet état d'esprit.

Pendant qu'il réfléchit, le curé sort machinalement son paquet de cigarettes, en tire une qu'il offre à Jean. Celui-ci refuse d'un hochement de tête. Le curé allume et aspire quelques bouffées.

Me voilà encore pris, se dit-il. Il faut que je me sacrifie une autre fois. Et le curé se lève en portant la main à la poche arrière de son pantalon.

— Pour ne pas te donner l'impression que je ne m'intéresse pas à ton problème, je vais te donner ceci...

Et le curé sort son porte-monnaie, l'ouvre, feuillette du bout du pouce une liasse de billets et en retire un de vingt dollars.

Jean relève la tête et agite la main pour appuyer sa protestation.

— Non, non, Monsieur le Curé. Je ne suis pas venu solliciter votre aide personnelle. Je croyais que la paroisse aurait pu...

— Écoute Jean, je te l'ai dit tantôt. La paroisse a des dépenses trop considérables de ce temps-ci. Prends ceci et essaie de trouver plusieurs personnes pour te donner ce montant. Ton problème sera résolu !

— Puisque vous insistez. Merci beaucoup, Monsieur le Curé. Je vais suivre votre conseil. Et Jean tend la main pour recevoir le billet de vingt dollars.

Le dimanche suivant, 15 juillet, ramène son brouhaha habituel autour de l'église. De tout cet étalage d'automobiles, on admire les derniers modèles et les plus luxueux. Dans la région, une brillante automobile représente une nécessité de premier ordre, qui se classe avant l'apparence de la maison. Alfred Beaumarché ne manque pas à la règle. Le dimanche matin, sa *Cadillac* stationnée à l'avant de son magasin étincelle comme un joyau bien qu'il n'ait pas à s'en servir pour aller à la messe. Monsieur le Curé, au prône, a annoncé que le bazar aurait lieu du mercredi 25 juillet au vendredi soir le 27. Il a ajouté un détail intéressant et donné un mot d'ordre :

— Le tapis coûte deux mille cinq cents dollars. Alors, il faut que ce soit le plus gros bazar dans l'histoire de Bagamak.

Alfred Beaumarché, sur le perron de l'église, subit quelques taquineries. Son humour de commerçant lui permet toutefois de s'en tirer avec les honneurs.

Comme il n'a rien à faire de l'après-midi, Jean Durocher décide de visiter l'un ou l'autre professionnel ou marchand qu'il connaît un peu. Après deux visites, Jean revient à la maison assez découragé. Heureusement qu'il n'en a dit mot à personne à la maison ; sa triste mine passe inaperçue.

— Deux visites, deux échecs, ça commence mal... Tous les deux, en plus, m'ont donné la même réponse : « C'est malheureux, Jean, mais je suis incapable. Je donne tout à l'église. Le curé va nous solliciter encore pour son tapis. Qu'est-ce que tu veux, je ne puis pas lui refuser. »

Jean essaie tout de même de surmonter le découragement en se disant que l'un ou l'autre qu'il doit encore rencontrer pourra peut-être l'aider, c'est-à-dire aider Robert. Plusieurs autres le pourraient, mais Jean sait d'avance qu'ils ne donnent pour aucune œuvre, sauf la leur. Pour eux, la charité bien ordonnée commence par soi-même et finit par soi-même. Tant bien que mal, Jean lutte le reste de la journée contre la mauvaise humeur en se promettant de rencontrer les autres le lendemain soir.

Lundi midi, le curé et le vicaire, prenant l'air sur la galerie après le repas, sont grandement surpris de voir arriver Louis et Jacqueline.

— Vous êtes de bonne heure, aujourd'hui !

— Ça commence à presser, Monsieur le Curé. Il ne reste plus que dix jours avant le bazar ; pour arriver à temps, nous devons finir toutes les décorations cette semaine, répond Louis.

— C'est vrai qu'il ne vous reste pas grand temps, confirme le curé.

— On avait oublié les affiches pour les magasins d'ici et des paroisses environnantes, ajoute Jacqueline.

— J'irai voir votre travail dans le courant de l'après-midi.

— On vous attend, Monsieur le Curé.

Sur ce, Louis et Jacqueline entrent dans la salle. Au milieu de l'après-midi, Monsieur le Curé leur rend une courte visite. Il les trouve affairés au milieu d'un étalage d'affiches.

— Bonjour, les jeunes. Ça travaille fort.

— Pas mal, Monsieur le Curé. Heureusement que le tout achève parce que je ne voudrais pas manquer toutes les belles journées de juillet, pour aller au camp, soupire Louis en train de raser un pinceau aux poils ébouriffés.

— Ah ! on a réellement une belle température

60

cette année. Vous vous imposez de grands sacrifices en venant vous enfermer ici l'après-midi.

— On ne se plaint pas, Monsieur le Curé. Nous sommes contents de le faire pour le bien de la paroisse, n'est-ce pas Louis?

— Vous êtes avancés dans votre travail, les jeunes. Pourquoi ne finissez-vous pas plus à bonne heure cet après-midi?

— C'est une idée, Louis. Il fait si beau. On pourrait se rendre au camp, se baigner et souper.

Pris entre deux feux, Louis doit céder:

— D'accord! Après tout, nous ne travaillons pas pour le diable.

— J'espère bien... Et les autres jours où vous voudrez prendre congé ne vous gênez pas.

— Merci, Monsieur le Curé, nous allons en profiter.

Pendant que le curé s'éloigne, Jacqueline veut maintenir Louis dans sa décision.

— Qu'est-ce que tu désires pour le souper?

— Apporte ce que tu veux... On a justement reçu à midi des légumes frais; tu iras en chercher... Sais-tu nager?

— Un peu.

— Nous avons une plage en sable, mais la pente est un peu raide.

— Ne crains pas, Louis. Je ferai attention. Et puis toi, tu le sais? Alors, il n'y a pas de danger. Est-ce que chez vous sont déménagés au camp?

— Pas encore. Papa est trop occupé par son commerce et maman ne se porte pas trop bien. Ils y vont une fois de temps à autre, le soir ou le dimanche.

Les minutes semblent de plus en plus longues à Louis et à Jacqueline.

— Il est quatre heures. On s'en va Louis?

— Très bien!

Vite, ils rangent leur matériel et se séparent pour aller se préparer.

À cinq heures, ils s'apprêtent à monter dans la camionnette du magasin Beaumarché au moment où le vicaire se rend au bureau de poste, comme à l'ordinaire.

Louis et Jacqueline, leurs serviettes roulées sous le bras, s'arrêtent pour l'attendre.

— Vous ne nous accompagnez pas, monsieur l'abbé?

— C'est malheureux, je n'ai pas le temps. Je travaille moi!...

— Nous aussi. Mais ce soir, nous prenons de courtes vacances.

D'un coup d'œil, l'abbé s'aperçoit que Jacqueline porte des shorts très courts et une blouse plutôt diaphane. Il hésite un moment, puis risque une remarque:

— Soyez sages!...

— Soyez sans crainte.

— Bon voyage!

Et l'abbé, songeur, continue son chemin. «Jacqueline me surprend. Je la pensais plus mûre que cela. Pourtant, nous avons parlé de la modestie à la réunion de mai des Enfants de Marie. Elle y assistait. Jacqueline a même été l'une de celles qui ont le mieux parlé. Elle ressemble bien à toutes les autres de son âge... innocentes, innocentes. Elles sont pareilles à des fleurs qui dégagent leur parfum sans soupçonner l'attrait profond qu'elles suscitent. Elles ne le réalisent qu'une fois souillées. Jacqueline connaît-elle la vocation de Louis? Et lui, à quoi pense-t-il?»

Au souper, le jeune abbé ne peut s'empêcher d'exprimer à nouveau son inquiétude au curé :

— En me rendant au bureau de poste avant le souper, j'ai parlé quelques instants avec Louis et Jacqueline. Ils s'apprêtaient à partir pour le camp. Jacqueline m'a surpris. Elle portait des shorts très courts. Je commence à craindre.

— Ne t'en fais pas trop, Louis en a déjà vu d'autres. Si c'est sa vocation, il va s'apercevoir que... Jacqueline est semblable à toutes les autres.

— Mais, Monsieur le Curé.

— Voyons. Ne recommence pas ton plaidoyer de l'autre jour en faveur des vocations. D'ailleurs, qu'est-ce qui t'assure que Louis songe sérieusement à devenir prêtre?

De peur d'irriter le curé, le vicaire ne revient pas à la charge. De son côté, Monsieur le Curé souhaite que la question soit réglée une fois pour toutes. Il en a bien assez d'entendre certains paroissiens « ressasser » les mêmes arguments à n'en plus finir. Qu'on le laisse tranquille au moins durant le temps des repas ! S'il devait se préoccuper constamment de ce que Pierre, Jean et Jacques disent, il n'aurait plus jamais le temps de respirer.

Le curé jette un coup d'œil sur son vicaire qui mange, le nez dans son assiette.

Ce ne sera pas plus intéressant si on ne se parle pas le temps du souper, se dit-il. Ne serait-ce pas une bonne occasion de ramener ce jeune prêtre à des idées plus pratiques?

Et le curé relance la conversation sur le sujet qui lui tient à cœur dans le moment, le bazar. Pour ne pas se perdre en généralités, le curé l'interroge sur les préparatifs de la Ligue: le nombre de kiosques qu'elle espère avoir, le genre d'attractions qui y seront offertes, etc.

À sa grande surprise, il apprend que la Ligue aura trois kiosques, présentant divers jeux de hasard. Tout le matériel et même les cadeaux sont déjà recueillis. Cette bonne nouvelle redonne au curé le sourire qu'il avait perdu tantôt. Ses joues sont toutes gonflées de bonne humeur. Il félicite le vicaire et ajoute avec une pointe d'ironie.

— Ah! Il n'y a plus de doute que le bazar sera un succès. La Ligue s'en mêle.

Quand la camionnette arrive au sommet de la côte qui dévale vers le lac Cœur, Louis dit à Jacqueline:

— Regarde, quel beau site! Notre chalet est juste sur la pointe qui avance au milieu du lac. Il a l'air d'un cœur, n'est-ce pas?

— Oui. C'est splendide. Lac Cœur, quel joli nom!

64

La camionnette dévale la côte à vive allure et s'engouffre sous les arbres pour déboucher, enfin, dans la clairière avoisinant le camp. Volets clos, le chalet sommeille, charmé par le clapotis de la vague sur la grève.

Ainsi qu'il l'avait fait pour l'abbé, Louis conduit Jacqueline sur la galerie face au lac. La jeune fille ébahie contemple le merveilleux panorama. Le lac aux mille facettes creusées par la brise scintille comme un diamant qui suit les mouvements de la main.

— Il est déjà cinq heures trente. Si nous voulons nous baigner avant le souper, viens! Louis ouvre la porte qui déverse un flot de lumière dans le vivoir.

— Tu peux utiliser la chambre à droite. L'interrupteur est du côté de la porte.

— Cela ne sera pas long.

Pendant son absence, Louis se change en un clin d'œil et sort sur la galerie humer la brise.

— Où es-tu Louis?

— Sur la galerie.

Louis se retourne vers la porte pour voir Jacqueline arriver. Un maillot jaune la moule parfaitement. Tous les deux en quelques pas sont rendus sur la grève. Louis touche l'eau du bout du pied.

— Elle est bonne, pas trop froide.

Puis, après quelques mouvements brusques des bras, il s'arrête un instant et s'élance à la course sur le ponton pour plonger à l'autre extrémité. Quelques secondes après, sa tête émerge une vingtaine de pieds plus loin. Jacqueline, à l'eau jusqu'à mi-jambes, le regarde s'ébattre.

— Essaies-tu, Jacqueline? Il n'y a pas de danger, il n'y a pas de roche.

— Je ne sais pas plonger.

— Viens me rejoindre à la nage alors.

Jacqueline avance encore de quelques pas, se laisse glisser et se met à nager de côté.

— Ça va bien.

Et Louis, pour la rassurer, se dirige vers elle. Quand Louis la rejoint, Jacqueline commence à être essoufflée.

— Accroche-toi à moi, et repose-toi un peu.

— Merci, Louis... Ah! que l'eau est bonne.

— On retourne ensemble vers le rivage.

Louis nage lentement au côté de Jacqueline dont les contours sinueux se marient à la plasticité de l'eau.

— On se repose un peu?

— C'est pas de refus...

Côte à côte sur la plage, Louis ne peut s'empêcher de détailler la beauté de Jacqueline: ses yeux, qui brillent davantage aujourd'hui au milieu de cils mouillés, sa peau d'un grain très fin luit au soleil, son buste bien proportionné soulevé par une respiration profonde, et ses jambes pareilles à deux gouttes d'eau qu'on étire. Louis détache difficilement son regard de cet être jeune, resplendissant. Jacqueline, ingénue, sourit. Afin de distraire sa pensée, Louis suggère:

— As-tu déjà conduit une embarcation?

— Oui.

— Alors, on fait du ski!

Ils s'occupent des préparatifs : remplir le réservoir d'essence, sortir des skis, vérifier la présence d'un aviron, des ceintures de sauvetage, etc. Louis explique ensuite le fonctionnement des manettes d'embrayage et d'accélération. La leçon est courte, car Jacqueline a déjà manœuvré des embarcations semblables.

— Tiens, Jacqueline, prends le volant. Nous allons faire un tour sur le lac avant de commencer.

Durant une quinzaine de minutes, l'embarcation sillonne le lac, soulevant une crête blanche. Jacqueline s'enthousiasme au volant.

— Tu conduis bien ; retournons chercher les skis sur la plage.

Revenus au ponton, il fixe le câble de remorque et chausse les skis. Louis plié en deux, renvoyé par en arrière, les mains ramenées sur la poitrine et agrippées au bâton de la corde de remorque, attend la secousse du départ. Jacqueline aligne l'embarcation, tend la corde doucement et accélère à fond. Dans un remous, les skis montent à la surface. Jacqueline pique vers le large. Avec peu de pratique, Louis se sent quand même en forme. Pendant une dizaine de minutes, il se livre à toutes les arabesques possibles, tantôt s'amusant à croiser la vague du sillage, tantôt se laissant dériver à toute allure de biais, pour monter ensuite en parallèle avec l'embarcation. Sûr de lui-même, Louis décide d'abandonner un ski et répète les mêmes tours jusqu'à ce qu'il perde l'équilibre.

Jacqueline coupe l'alimentation et vient à sa rescousse. Louis nage tranquillement.

— Tu vas conserver ton championnat cette année...

— Penses-tu ?

Louis s'agrippe au bord de l'embarcation qui tangue un peu.

— Veux-tu de l'aide ?

— Non, ne bouge pas...

D'un saut, Louis émerge de l'eau, passe une jambe et roule par-dessus bord.

— C'est mieux que je m'y attendais. Maintenant à ton tour.

— Je ne sais pas beaucoup nager.

— Ça ne fait rien. Munie d'une ceinture de sauvetage, tu ne cours aucun danger.

Les skis ramassés, on retourne au ponton pour le départ de Jacqueline. Les premiers essais se terminent par un plongeon, tête première. Louis multiplie ses instructions :

— Tiens-toi pliée, en ressort, comme si tu allais sauter. Les bras moins raides...

— Pars pas si vite !

Enfin, le départ réussit, Jacqueline glisse à la surface. Louis file en ligne droite pour ne pas l'exposer tout de suite à la difficulté d'un virage. Quand il s'aperçoit qu'elle commande ses skis, il amorce un virage qui l'oblige peu à peu à quitter le sillage et à enjamber la vague. Moment critique pour un débutant.

— Louis ! arrête, crie Jacqueline en train de vaciller. Trop tard, elle culbute. Le garçon diminue de vitesse, cueille la corde et revient vers Jacqueline qui flotte comme un bouchon.

— Pas mal, pour la deuxième fois.

— J'ai eu assez peur...

— Bah ! avec une ceinture, tu vois qu'il n'y a pas de danger. Accroche-toi au bord. Je vais t'aider à embarquer.

Et Louis de la saisir aux aisselles et de la soulever par-dessus bord.

— Je te pensais plus pesante que cela. Bon, veux-tu recommencer ?

— Oh ! non. C'est assez pour aujourd'hui. D'ailleurs, il se fait tard. Allons souper !

De retour au chalet, Jacqueline s'affaire à préparer le souper pendant que Louis remise le grément. Sur une table rustique, placée sur la galerie, Jacqueline étale une nappe carreautée rouge et blanc qu'elle a trouvée dans un tiroir de la cuisine. De chaque côté, un couvert. Au milieu, le menu : sandwiches, fruits et légumes verts de toutes sortes, liqueurs douces.

— Viens manger Louis. C'est prêt.

— J'arrive... Tu as eu une excellente idée de t'installer sur la galerie. C'est plus frais.

— Cela nous permettra de nous faire sécher. Le temps est si beau !

Assis face à face, Louis et Jacqueline entament les provisions et rappellent les événements de l'après-midi. Le ronronnement des embarcations s'éteint peu à peu. Les plages deviennent désertes. On n'entend plus que des éclats de voix qui fusent des chalets voisins. Tout le monde est à souper. De temps en temps, Jacqueline va chercher un ouvre-bouteille, du poivre ou autre chose oubliée dans la cuisine. Du coin de l'œil, Louis regarde son corps onduler dans la lumière. Quand elle revient et se penche pour s'asseoir, Louis entrevoit un instant le creux de sa poitrine. L'impression déjà ressentie au cinéma en compagnie de Jacqueline s'empare de lui à nouveau, plus forte. Ses yeux ne voient plus en elle seulement une compagne ; ils découvrent maintenant une jeune fille dont la grâce lui fait éprouver ce soir la douceur de vivre, une femme en mesure de le combler davantage encore.

Rêverie si troublante que sa conscience en sursaute et qu'il suggère :

— Es-tu pressée de rentrer ce soir, Jacqueline ?

— Non, je n'ai rien à faire.

— J'aimerais rendre visite aux Dupont de l'autre côté du lac. On m'a dit qu'ils ont acheté un nouveau moteur hors-bord, le plus puissant sur le marché.

Le temps d'aller chez les Dupont, de jaser et d'essayer le moteur, occupe la soirée. Au retour, le soleil orangé glisse dans la cime noire des épinettes, au sommet de la montagne.

À la brunante, ils se mettent en route vers la ville. Déjà la brume s'élève des bas-fonds. Une douce fraîcheur s'infiltre dans la cabine. Louis et Jacqueline se taisent pour mieux jouir de la quiétude du soir.

Le même soir, Jean Durocher fait un brin de toilette, le souper terminé. Sa mère lui dit:

— Vas-tu quelque part?

— Non... rien de spécial...

Jean, qui ne veut pas mentir, ne sait que dire davantage. Aussi Mme Durocher lui relance:

— Jean! Tu me caches quelque chose. J'ai remarqué hier que tu n'avais pas l'air tout à fait dans ton assiette. Qu'est-ce qui se passe?

— Je vais te le dire maman. J'ai exposé le problème de Robert à Monsieur le Curé. Il m'a répondu que la paroisse avait de trop grandes dépenses et que ses revenus personnels ne lui permettaient pas de nous aider. Tout de même, pour me montrer son intérêt, il m'a donné vingt dollars. Enfin, Monsieur le Curé m'a conseillé de solliciter des personnes à l'aise dans la paroisse.

— Pourquoi as-tu l'air si morose alors?

— Hier, j'ai visité M. Longpré. Vous vous en souvenez, maman, j'ai travaillé durant tout un été à son restaurant. J'ai rencontré aussi M. Petit, notaire, pour qui j'ai tondu le gazon durant plusieurs années. Tous deux m'ont répondu qu'ils croyaient donner déjà suffisamment à l'église et qu'on viendrait sans doute leur demander des cadeaux pour le bazar.

— As-tu l'intention d'en visiter d'autres?

— J'ai l'intention de demander à monsieur Dupré, le propriétaire du garage L. M., et à monsieur Thibeault, du magasin de meubles Variété.

— Tâche de bien faire ça sans trop insister.

— Ne vous inquiétez pas, maman. À tout à l'heure.

71

Monsieur Dupré examine une automobile neuve reçue l'après-midi lorsque Jean se présente. Après quelques louanges sur la magnifique automobile, Jean passe à la grande demande.

— Ça me peine beaucoup, Jean, mais je ne peux rien faire. Du moins cette année. Les ventes n'atteignent pas celles de l'an passé. De plus, sur l'automobile que j'ai vendue au curé, j'ai donné toute ma commission, sans compter le temps pour les ajustages. Et mes dépenses demeurent les mêmes.

— Je comprends, monsieur Dupré. Je n'insiste pas davantage.

— Bonsoir, Jean. Tu reviendras me voir.

La visite chez monsieur Thibeault n'est pas plus fructueuse. Il rentre bientôt à la maison, le visage chagrin.

— Tu n'as pas l'air joyeux. As-tu vu messieurs Dupré et Thibeault?

— Oui. Tous les deux. J'ai encore eu la même réponse : « J'ai donné à l'église ou à Monsieur le Curé. » Je ne sais plus que penser.

— Ne te décourage pas, Jean. Ton père et moi en avons vu bien d'autres. Les choses vont s'arranger.

— Papa arrive demain, n'est-ce pas?

— C'est la nouvelle que le docteur m'a communiquée aujourd'hui. Comme il n'y a pas d'infection dans sa jambe, l'hôpital a décidé de le laisser sortir.

— Pauvre papa. Il n'en avait pas assez. Il fallait que cet accident survienne. Je me demande quelle sera sa réaction en apprenant que Robert ne peut commencer son cours classique.

— Voyons Jean! Ne te fais pas de bile avant le temps. Regarde l'horaire de la télévision. Je crois qu'il y a quelques programmes intéressants, ce soir.

Pour se distraire, Jean ouvre l'appareil et essaie d'y porter son attention. En vain. Le problème de l'entrée au collège de Robert lui revient constamment à l'esprit. Plutôt que de s'embêter devant l'appareil, il décide d'aller se coucher. Hélas! L'inquiétude le poursuit.

« Robert a treize ans. Il possède un très beau talent... Il a presque toujours été à la tête de sa classe depuis sa première année, premier dans tout le diocèse pour l'examen de la communion solennelle... Franchement, s'il n'entre pas au collège en septembre prochain, il perdra une année. Qu'est-ce que je peux bien faire?... Je dois entrer au grand séminaire en septembre... En fait, ai-je le droit de délaisser ma famille au moment où elle a besoin de moi? Si je retarde d'un an et si je travaille, Robert peut débuter au collège ; je peux aussi économiser de l'argent en vue de mon grand séminaire, papa aura le temps de se rétablir complètement... Après tout, il y a bien des jeunes filles qui n'entrent pas en communauté pour rendre service à leur famille. Pourquoi pas moi? Je vais en parler à l'abbé demain soir. Il faut en finir avec ce problème. »

Cette solution temporaire et la fatigue l'entraînent enfin dans le sommeil.

Le vicaire aussi a mal dormi. Louis et la belle Jacqueline commencent à l'inquiéter sérieusement. Sa résolution est prise : il doit parler à Louis. Mais quand? Il décide de surveiller leur départ à la fin de l'après-midi: accrocher Louis au moment où Jacqueline s'éloigne. Malheureusement, ni l'un ni l'autre ne viennent travailler. L'abbé décide alors d'attendre au lendemain.

Jean sonne au presbytère après le souper. Comme de coutume le vicaire va répondre.

— Quel bon vent t'amène?

— Je ne sais pas si c'est le bon ou le mauvais vent, mais j'aimerais vous parler.

— Des mauvaises nouvelles au sujet de ton père?

— Non, il se porte bien. Il est revenu cet après-midi à la maison pour terminer sa convalescence.

— C'est une bonne nouvelle. Pourquoi as-tu l'air si sombre? Qu'est-ce qui ne marche pas?

— Le problème de Robert me tracasse. Je pense avoir trouvé enfin la solution.

— Assieds-toi, dit le vicaire en fermant la porte du bureau.

— Monsieur l'abbé, vous savez que j'ai rencontré Monsieur le Curé. Il m'a donné vingt dollars pour Robert en me disant que ni lui ni la paroisse ne pouvaient faire davantage. Il m'a conseillé cependant de solliciter le secours de personnes à l'aise dans la paroisse. J'ai suivi ce conseil. Partout, on s'est dit incapable de m'aider de quelque façon. J'ai visité ces personnes dimanche et hier soir.

— Qu'en pensent tes parents?

— J'en ai dit un mot à maman. Elle m'a conseillé de ne pas me décourager, qu'ils en avaient vu bien d'autres et que tout finit par s'arranger.

— Ton père lui...

— Comme je ne l'ai vu qu'au souper, j'ai préféré ne pas lui en parler, d'attendre de vous avoir vu.

— Pourquoi?

— J'ai réfléchi longtemps avant de m'endormir, la nuit dernière.

— Dis-moi ça.

— Voici, beaucoup de jeunes filles n'entrent pas en communauté, ou du moins, retardent leur entrée pour aider leur famille dans le besoin. Alors, j'ai décidé de retarder d'une année mon entrée au grand séminaire. De cette façon, je pourrai travailler et gagner suffisamment pour payer les frais de scolarité de Robert, économiser en vue de mon grand séminaire et permettre à papa de se rétablir complètement et ne pas s'endetter.

— Tu me prends par surprise. Je ne m'attendais pas à une telle proposition. Attends qu'on en discute un peu.

— J'y ai pensé..., je vous l'assure, toute la journée à mon travail...

— Il est vrai que des jeunes filles diffèrent leur entrée au couvent pour aider leur famille; par exemple, quand la mère est morte, la fille aînée reste pour élever les plus jeunes. L'importance du rôle à remplir justifie cette conduite. Je doute que tu sois dans des circonstances aussi graves.

— Quelle différence y a-t-il?

— Si Robert ne commence pas son cours classique, cette année, c'est bien triste. Ce n'est cependant pas irrémédiable et sa vocation n'est pas compromise.

Jean écoute attentivement.

— Ensuite, ne penses-tu pas qu'un an de retard vers ton sacerdoce n'est pas un plus grand dommage? Sans compter que ta vocation est certaine, celle de Robert seulement probable.

— Oui...

— N'oublie pas aussi qu'au fur et à mesure que tu vieillis, les dangers d'abandonner deviennent plus nombreux. Travailler toute une année au milieu du monde pourrait peut-être te détourner. Qu'en penses-tu?

— Ce que vous avez dit a beaucoup de bon sens; toutefois, il reste quelque chose qui ne me satisfait pas complètement.

— De quoi s'agit-il?

— Ce n'est pas clair dans mon esprit. J'aime mieux en reparler une autre fois.

— Est-ce à propos de ton père?

— Non. Je reviendrai vous voir.

— Dans tous les cas, réfléchis bien à ce que je t'ai dit.

— Bon! On se reverra. Bonsoir. Merci bien.

Jean, insatisfait, retourne chez lui. En entrant, il aperçoit son père installé dans un fauteuil, face à la télévision, les deux béquilles appuyées sur le bras du fauteuil. Jean s'assoit pour lui tenir compagnie. Papa Durocher en profite pour s'informer des événements locaux, de la mine, de son travail, du bazar, des kiosques de la Ligue du Sacré-Cœur.

— J'ai rencontré Louis, l'autre jour, et il m'a dit que l'organisation du bazar progressait. Ils ont fait de nombreuses affiches, des décorations.

76

— C'est malheureux que je ne puisse travailler. Il faudra que tu me remplaces.

— Le président m'a demandé d'aider à la construction des kiosques, lundi soir prochain, et d'être commis au kiosque de la Ligue.

— Quand doit commencer le bazar?

— Le mercredi suivant. Ça va venir vite.

— Même si j'ai la jambe dans le plâtre, j'irai certainement faire mon tour pour encourager la paroisse.

À ces mots, Jean frémit. Encourager la paroisse, donner à la paroisse: ces mots, il les a entendus si souvent depuis quelques jours qu'ils lui sont devenus amers.

— Il y en a assez qui l'encouragent. Soyez bien tranquille...

— Qu'est-ce que tu veux dire?

— Ah, rien...

— Tu n'as pas l'air de bonne humeur, ce soir. Qu'est-ce qui te tracasse?

— Maman ne vous en a pas parlé?

— Elle m'a raconté que tu avais vu Monsieur le Curé, et quelques autres personnes dans la place au sujet de Robert et que cela n'avait...

— Ça ne vous dérange pas que les choses tournent de cette façon?

— Vois-tu, Jean, depuis vingt ans que nous sommes mariés, ta mère et moi avons traversé plusieurs difficultés. Celle-ci passera comme les autres.

— C'est ça! endurer, patienter, toujours patienter pendant que d'autres... Vous vous faites berner, papa. Vous êtes trop bon.

Pour ne pas peiner son père, Jean préfère ne pas prolonger la discussion et ronger son frein, solitaire. À mesure qu'il rumine, son trouble, confus au début, se précise. Son intelligence commence à saisir ce qui est de travers dans toute l'affaire. Sûrement, il doit en discuter avec l'abbé. Ce soir, il n'a qu'effleuré le problème.

Une des heures les plus délicieuses de la journée est parfois celle du déjeuner. Ce matin, Monsieur le Curé éprouve ce plaisir. Dans la salle à manger inondée de soleil, un doux arôme de rôties et de café embaume la pièce. La ménagère va et vient de la cuisine à la salle à manger au son de la radio, dans l'attente d'un bulletin de nouvelles, tandis que le curé jette un dernier coup d'œil sur le journal local de la veille.

Monsieur le Curé achève son repas lorsque le vicaire vient prendre place à table. Rien d'étonnant puisque le vicaire dit la deuxième messe cette semaine.

— Bonjour, Monsieur le Curé!

— Bonjour. Rien de nouveau?

— Rien d'extraordinaire.

— Tu as reçu la visite de Jean hier soir? Comment se porte son père?

— Il est revenu à la maison et sera en convalescence pour une couple de mois.

— A-t-il parlé de Robert?

— Oui. Le problème de l'entrée au collège de son jeune frère le tracasse beaucoup.

À cette réponse, le curé fronce les sourcils et prend un air sérieux. Va-t-il continuer ses questions ? se demande-t-il. Continuer l'expose à une autre discussion avec son vicaire. Tout de même, il aimerait savoir si Jean a suivi son conseil.

— Je le sais. Il est venu me voir, il y a quelques jours. Je lui ai suggéré de solliciter l'aide de personnes à l'aise de la paroisse.

— Il a suivi votre conseil, mais cela n'a pas donné grand résultat.

— Il n'a rien recueilli ?

— Rien. Jean songe maintenant à retarder son entrée au grand séminaire, afin de défrayer les études de Robert.

— Qu'est-ce que tu dis là ? Es-tu sérieux ?

— C'est la vérité.

— Encore un autre problème, dit le curé en faisant la moue.

— J'ai essayé de le détourner de ce projet...

— Tu as bien agi...

— Mais je ne pense pas avoir réussi à l'influencer. Il semblait pas mal troublé.

— Dans la vie, on ne fait pas ce qu'on veut. On fait ce qu'on peut. Dis-lui cela de ma part.

— Il a promis de revenir me voir. Ce serait bien dommage s'il...

— J'ai toujours fait ma part. Je lui ai donné vingt dollars.

Et sans attendre d'autre commentaire, le curé récite ses grâces et se retire dans son bureau. Pendant son absence à l'église, la ménagère est venue faire le ménage. Les cendriers sont vidés, les draperies ouvertes. Tout respire l'ordre et la propreté. Monsieur le Curé, de son pupitre, sort une cigarette, l'allume, aspire profondément, puis exhale la fumée dans un long soupir pour se libérer l'esprit. En effet, même s'il ne cause plus avec le vicaire, la conversation se continue en lui-même. Il entend à nouveau ces paroles de son confrère : « Ce serait bien dommage si Jean... si Jean n'entrait pas au séminaire. » Voilà ce qu'il voulait dire sans doute. Que faire ? Je ne puis pas donner davantage. J'ai trop de demandes d'aide durant l'année pour que je consacre plusieurs centaines de dollars à une seule personne. Que Jean n'ait pas trouvé de secours dans la paroisse en faveur d'une vocation, cela ne me surprend guère. Je ne connais pas beaucoup de paroissiens à l'aise à la foi assez ardente pour le faire ; et ceux qui ont cette foi ne possèdent pas d'argent.

Le curé s'assoit à son pupitre et approche un cendrier. Il regarde la fumée monter en volutes vers le plafond, quelques instants. Soudain une idée surgit à son esprit : le bazar, l'argent du bazar. Il réfléchit un moment avant de murmurer : « Ça n'a pas de bon sens. » Le tapis est commandé. Toute la population le sait. Je ne puis changer d'idée. D'ailleurs, les gens voudraient savoir la véritable raison de ce changement. Il serait difficile de ne pas la dévoiler. Certainement, je susciterais des jaloux. Impossible... à moins que nous ne recueillions plus d'argent que n'en coûte le tapis. Là, nous pourrions faire quelque chose... Et pourquoi mettre les choses au pire. Mon vicaire devrait convaincre Jean d'entrer au grand séminaire, même si Robert ne pouvait commencer son cours classique cette année. Après tout, ce retard ne serait pas si grave.

Mercredi après-midi, Louis et Jacqueline discutent au sous-sol de l'église :

— Dans une semaine, tout sera prêt pour l'ouverture. J'ai très hâte, Louis.

— Moi aussi. Je commence à être « tanné » de travailler à l'intérieur. Cette belle température dont on ne peut profiter !

— Et dire qu'on annonce un temps plus chaud pour demain. Dis donc, Louis, à bien y penser, on peut quasiment terminer notre travail cet après-midi. Tant qu'on ne construira pas les tables et les kiosques, nous ne pourrons pas faire grand-chose de plus.

— Tu as bien raison.

— Est-ce que cela t'irait, Louis, de passer l'après-midi de demain et la soirée au lac ?

— Ça me tente.

— Alors, ça marche ?

Tout l'après-midi s'écoule dans un travail empressé, pendant qu'au presbytère le vicaire se demande comment aborder Louis sans attirer l'attention de la jeune fille. Finalement, plutôt que de manquer son homme, il fonce au sous-sol avec la petite raison qu'il a trouvée.

En bon diplomate, l'abbé s'informe de la marche des travaux avant de passer au sujet qui l'intéresse particulièrement. Louis et Jacqueline s'empressent de lui montrer toute une série de nouvelles affiches empilées sur une table, affiches fabriquées depuis sa dernière visite. De toute évidence, le coup d'œil sera attrayant une fois que ces panneaux auront été fixés aux charpentes des kiosques. Mais en attendant ce jour, il faut réellement du courage pour passer l'après-midi penchés sur ces tables chambranlantes, où s'entassent les pots de peinture de toutes couleurs et les retailles de carton. Courage qui semble défaillir si l'abbé en juge par les plaintes que Louis et Jacqueline laissent échapper. L'affirmation de l'abbé que toutes les personnes qu'il rencontre en ville s'intéressent au bazar les regaillardit un peu. Pour achever la détente, le vicaire lance quelques taquineries sur leur tenue. Ils sont comiques à voir, en effet. Jacqueline, avec sa robe bleue tachetée de jaune à la suite d'une éclaboussure, et Louis aux avant-bras tatoués de toutes les couleurs.

Ils rient encore lorsque l'abbé interpelle Louis :

— Dis donc, Louis, aurais-tu le temps de passer au presbytère ce soir ? J'aurais un volume à te prêter pour les vacances. Un volume sur la vocation.

— Ça doit être sérieux.

— Une bonne chose. Tu viens vers les huit heures ?

— Entendu, monsieur l'abbé !

Le vicaire s'en retourne tout fier de sa démarche. Louis viendra le voir ce soir et Jacqueline sait maintenant qu'il s'intéresse à la vocation de son compagnon. Si la chose pouvait la faire réfléchir.

Louis se présente au presbytère à l'heure dite.

— Tiens, Louis. Voici le livre que tu devrais méditer durant tes vacances. Une fois le bazar terminé, tu auras beaucoup de temps libre.

— « L'Âme de tout apostolat », par Dom Chautard. Je n'ai pas encore lu cela. J'essaierai de le...

— Tandis que nous sommes seuls, Louis, j'aimerais te parler d'autre chose.

— De quoi ?

— Je commence à craindre pour ta vocation.

— Pour quelle raison ?

— J'ai l'impression que Jacqueline tourne autour de toi d'une façon un peu trop intéressée.

— Je ne vois pas comment.

— L'autre soir, vous êtes allés au cinéma. Avanthier, au chalet, sans compter que vous travaillez toujours ensemble.

— Il est impossible de ne pas travailler ensemble.

— Peut-être, mais pour les sorties ?

— ...

— Comment la trouves-tu, Jacqueline ?

— Elle est gentille, aimable. J'ai beaucoup de plaisir à travailler avec elle, et je vous assure qu'elle dessine bien. Vous avez pu le constater d'ailleurs.

— Elle a de nombreuses qualités, même trop. Voilà ce qui m'inquiète.

— Nous ne faisons rien de mal.

— Elle ne se gêne pas non plus pour mettre ses charmes en évidence. L'autre jour, quand vous êtes partis pour le chalet, j'ai remarqué qu'elle portait des « shorts » très courts.

— Qu'est-ce que vous voulez? Elle veut suivre la mode. Autrement, elle passerait pour une nonne.

— Et toi, as-tu peur de passer pour un futur prêtre?

— Non,... mais je n'ai pas encore endossé la soutane.

— Peu importe!

— ...

— Et je serais fort surpris que tu n'aies pas ressenti des émotions que tu n'avais jamais éprouvées auparavant dans tes rencontres occasionnelles avec des jeunes filles...

Louis se contente de hocher la tête.

— C'est sérieux, Louis. Tu dois être prudent dans tes rencontres avec Jacqueline, et ne pas chercher à les multiplier... surtout à la plage.

— Je ne comprends pas pourquoi vous vous énervez avec cela. Vous ne comprenez pas combien c'est difficile de refuser. Les circonstances, la politesse nous obligent parfois.

— Au diable, la politesse. Ta vocation passe avant.

— Je vais essayer de faire mon possible.

C'est le cœur à l'envers que Louis retourne chez lui. Il ne s'attendait pas à cette remontrance. En fait, il n'a rien entendu de nouveau. Au collège, son directeur spirituel l'avait mis en garde. Une phrase de celui-ci lui revient en particulier:

— « Louis, il faut que tu renonces à plusieurs choses... »

84

— Dire que j'ai promis à Jacqueline de l'emmener au camp demain. Si je lui dis que j'ai changé d'idée, elle va m'en demander la raison. Si elle s'aperçoit que je la repousse, elle va se sentir blessée et ne viendra plus travailler. Heureusement que l'abbé ne se doute de rien. J'aurais attrapé tout un chapitre. Ce n'est pas une sortie de plus qui devrait me causer grand dommage. J'y verrai plus tard. Rassuré par ce raisonnement, Louis avertit son père que le lendemain il ira passer l'après-midi et la soirée au chalet. Alfred Beaumarché accepte volontiers qu'il utilise la camionnette. Seule la maman rétorque :

— Je n'aime pas trop cela vous voir aller seuls là-bas.

— Voyons maman. Tu sais que Jacqueline est une bonne fille, rétorque son mari.

Jeudi soir, contrairement à son habitude, Monsieur le Curé ne lit pas les journaux au retour de sa petite promenade aux alentours après l'audition des nouvelles à la télévision.

Non... Il termine la récitation de son bréviaire. Que voulez-vous ? Lorsqu'on rend visite aux Sauvageau, il vaut mieux être prudent. On ne sait jamais à quelle heure on reviendra. M. et Mme Bernard Sauvageau sont de grands amis de Monsieur le Curé. M. Sauvageau est pharmacien. Dans notre monde moderne, — et c'est le nom qu'il a donné à sa pharmacie, — cela signifie bien des choses. On y vend autant de produits de beauté, de chocolat ou de caméras que de remèdes.

Ce commerce lucratif lui permet d'habiter l'une des maisons cossues de la rue des Saules, où habite la haute classe de Bagamak. M. et Mme Sauvageau y ont élevé deux enfants, aujourd'hui mariés. Pour combler leurs loisirs, Monsieur s'occupe de quelques organisations sociales dont les Castors et sa femme, des Dames de Sainte-Anne. De temps en temps, Monsieur le Curé leur rend visite. C'est un excellent endroit pour y rencontrer des gens influents et aussi pour y jouer une partie de bridge, qui se termine parfois à des heures tardives. Voilà pourquoi il vaut mieux terminer la récitation du bréviaire avant de partir! Cependant, si Monsieur le Curé se rend ce soir chez les Sauvageau, ce n'est pas dans cette intention. Il désire rencontrer madame Sauvageau pour connaître exactement l'état des préparatifs des Dames de Sainte-Anne en vue du bazar. Même si vous avez d'excellents organisateurs, vous ne devez pas vous y fier totalement. Un bon chef se tient au courant. Et d'ailleurs, comment espérer que les autres s'intéressent à un projet, si on ne s'y intéresse pas soi-même.

Vers huit heures trente, l'automobile noire du curé s'engage dans la rue des Saules sise à la périphérie de Bagamak. En quittant les rues arides de Bagamak où ne poussent que les poteaux des services publics, on a l'impression d'entrer dans une oasis. Toutes ces cimes rondes qui s'échelonnent des deux côtés de la rue semblent sourire les unes aux autres de leurs petites feuilles lancéolées qui reluisent au soleil.

L'automobile stationne devant une maison aux murs en stuc blanc où s'agrippent quelques vignes. Madame Sauvageau vient répondre et introduit

Monsieur le Curé au salon, pièce spacieuse qu'orne-
mente un magnifique foyer en pierres des champs.
Dès les premières minutes de la conversation, Monsieur le Curé comprend que sa visite ne sera pas
longue. Madame est seule, ce soir, monsieur Sauvageau assiste à une réunion de l'exécutif des Castors,
en vue de mettre une dernière main à l'organisation
de leur campagne de souscription. Monsieur le Curé
en profite pour demander la date d'ouverture de
cette souscription.

Mais madame Sauvageau ne peut le renseigner
avec certitude. « On parle d'un mois après le bazar »,
dit-elle. Et sur ce, elle félicite le curé d'avoir eu la
« finesse » de tenir ce bazar avant la souscription. On
cause encore quelques minutes, puis on descend à la
salle de jeux où Madame a entreposé les cadeaux
recueillis pour les kiosques des Dames de Sainte-
Anne. On y voit de tout : des lampes, des cendriers et
toutes sortes de bibelots donnés par des magasins,
en plus de nombreux articles confectionnés par des
dames : des tabliers, des tricots, etc. Devant cet
assortiment, Monsieur le Curé éclate de joie. Pendant quelques minutes, il se met à parler sans arrêt,
ajoutant compliment sur compliment, tandis que
madame Sauvageau s'empresse de choisir ici et là
quelques objets pour les lui montrer de plus près.
Puis ils montent au salon continuer la conversation
et prendre un café.

Au même moment, au presbytère, Jean confie au
vicaire ses déboires.

— Écoutez, monsieur l'abbé, je ne digère pas ça du tout.

— Qu'est-ce qui ne va pas ?

— Je ne puis me résigner à voir Robert retarder son entrée au collège.

— Pourtant, tu semblais comprendre l'autre jour que ce n'est pas irrémédiable, qu'il ne perdra qu'un an.

— On nous parle de vocations, du grand besoin de prêtres au collège, à l'église, dans les journaux, à la télévision, partout. On nous redit sur tous les tons les sacrifices que nous devons accomplir pour les encourager, en insistant sur la grandeur du sacerdoce, etc. Est-ce que ce sont seulement de belles paroles ?

— Oh ! non !

— Comment expliquer que ça ne compte pas ? La seule chose qui compte ici, c'est la paroisse.

— De fait, c'est important.

— Depuis vingt ans que mon père demeure ici, il s'est toujours saigné à blanc. Il a toujours fait partie des organisations paroissiales. Il a donné de son temps et de son argent. En plus de cela, il a essayé de nous donner une bonne instruction. Comme je voulais devenir prêtre, il a accepté de m'envoyer au collège ; huit ans de cela. D'autres enfants sont nés. Papa a tenu le coup en restreignant les dépenses superflues. Maman, de son côté, accomplit des miracles d'économie ménagère. Cuisine, couture. Le bon Dieu permet qu'un autre enfant possède le talent et le désir d'être prêtre à son tour. Qu'est-ce qu'ils reçoivent après tant de sacrifices ? Rien. Pas même un peu d'encouragement.

— N'exagère pas...

— Les faits demeurent les faits.

— Allons, un peu de calme.

— Je demande l'aide du curé, pour me faire répondre que la paroisse n'est pas capable. Je demande à des paroissiens. Qu'est-ce qu'ils répondent ? Qu'ils donnent tout à la paroisse. Je vous parle de la situation, de mon désir de travailler si nécessaire. Vous me dites que les paroisses manquent de prêtres. Toujours la même réponse : la paroisse, la paroisse.

— Que veux-tu, la paroisse a besoin de vivre.

— Est-ce qu'elle a besoin d'accaparer ce qui existe à côté d'elle sans s'occuper des autres, sans s'occuper du lendemain ? Je vais entrer au séminaire en septembre. Vous ne voudriez pas que je change d'idée. Je peux servir bientôt. Qu'un autre entreprenne la même voie ne compte pas. Aujourd'hui la paroisse a besoin d'un tapis pour le chœur, hier c'était autre chose et demain c'en sera une autre.

— Prends le temps de souffler un peu, Jean.

— Si vous étiez dans ma situation, vous ne seriez pas de meilleure humeur. Je commence à en avoir assez.

— Je te l'ai déjà dit. J'aimerais bien que Robert commence dès cette année. Et si je pouvais t'aider, je le ferais.

— Je le sais.

— Il faut que tu comprennes de plus que l'église a besoin d'argent pour vivre.

— Les autres doivent vivre aussi.

— Ça ne paraît pas, mais l'entretien d'une église coûte cher : le chauffage, l'éclairage, les réparations. Il faut toujours l'améliorer un peu. L'église est la maison de Dieu. Elle doit être convenable pour le culte. On a dû te dire au collège qu'il faut prier sur de la beauté.

— Des belles paroles pour nous encourager. C'est pareil à l'axiome qu'on nous répétait aux pratiques de chant : chanter, c'est prier deux fois.

— Jean ! Avant de trop te choquer, prends le temps de comprendre les raisons qui motivent une telle attitude. En ce qui concerne le tapis, Monsieur le Curé a toujours voulu une belle église et, pour lui, l'amélioration en vaut la peine...

— N'essayez pas de m'endormir avec des belles paroles, des grandes considérations. Un tapis importe plus pour lui qu'une vocation. Je commence à toucher le fond du problème. Vous aussi, mais vous ne voulez pas en parler.

Sans que le vicaire et Jean s'en doutent, Monsieur le Curé, revenu de sa visite, se promène sur la galerie, où il peut entendre des bribes de la conversation animée qui s'échappent de la fenêtre entrouverte. Même s'il ne saisit que quelques paroles, cela lui suffit pour savoir qu'on parle de lui. Sa première réaction est d'entrer et de rejoindre ce duo qui donne un si beau « concert ». Mais il se ravise. On l'accuserait d'être indiscret. Mieux vaut ne rien laisser paraître. Et le curé continue de se promener de long en large sur la galerie. Seuls, son visage empourpré et sa respiration plus courte trahissent son émotion.

— Il y a quelques minutes, tout allait si bien, se dit-il. Jamais Mme Sauvageau n'a manifesté autant d'enthousiasme dans l'organisation d'un bazar. Voilà maintenant que j'entends des critiques au sujet de ce bazar. N'ai-je pas assez de soucis déjà? Ces Castors qui préparent leur souscription. Ces autres paroissiens qui ne s'intéressent à rien... Le vicaire fait mieux de surveiller ses paroles et de ne pas soulever Jean contre moi. Celui-ci pourrait soulever ensuite son père puis la Ligue, ce qui nuirait à mon bazar. La Ligue! De la parade... Quand le vicaire se mêle de quelque chose, c'est pour venir la mêler davantage... Pauvre jeunesse dans les nuages!

Comme il ne gagne rien, l'abbé décide d'ajourner la discussion:

— Si tu veux, nous continuerons la discussion une autre fois, demain ou un autre jour qui te plaira. Tu es fatigué ce soir.

— Soyez assuré que je vais revenir parce que j'en ai beaucoup à dire.

— Tu es toujours le bienvenu. À propos, vois-tu Louis de temps en temps?

— Pas souvent. Il se tient davantage avec la belle Jacqueline.

— Je lui ai prêté un volume. Quand il en aura fini, je te le passerai. Tout en te préparant au grand séminaire, il t'aidera à maintenir la flamme. Tu comprends...

— Bonsoir, je vous reverrai.

L'abbé regagne son bureau à l'étage supérieur pour s'écraser dans un fauteuil. « Jean n'était pas de bonne humeur ce soir. Je ne le pensais pas si violent dans une discussion. J'aurais dû m'en douter. Nature ardente. Qu'est-ce que je vais attraper la prochaine fois ! »

Au lac Cœur, Louis et Jacqueline, assis côte à côte, sur la galerie, contemplent le clair de lune. Dans la tiédeur de la nuit, le ciel et l'eau communient à la même blancheur, tandis que les chalets illuminés brillent au bord du sanctuaire. Ils savourent tous deux ce spectacle merveilleux en gardant presque le silence pour ne pas s'en distraire. Le charme de la nuit qui fusionne les êtres et les cœurs les envoûte peu à peu...

— Onze heures trente, Louis. Il est temps de rentrer.

Un quart d'heure plus tard, la camionnette fuit vers la ville. La jeune fille, qui commence à sentir la fraîcheur de la nuit, se presse contre le chauffeur. À chaque virage, les faisceaux des phares mettent subitement au grand jour des arbres tout enveloppés de la torpeur nocturne.

— J'ai passé la plus belle journée de mes vacances, Louis !

— Moi aussi...

— Je ne pensais pas que c'était si agréable de faire du ski aquatique.

— Ce n'est pas difficile non plus, il s'agit seulement de ne pas avoir peur.

92

— Tu as été meilleure aujourd'hui. La prochaine fois, tu seras experte.

— Si la prochaine fois ne peut pas être trop lointaine.

Le lendemain, le téléphone sonne pendant le souper, le vicaire répond :

— Presbytère... C'est toi, Jean. Comment ça va ?

— Pas trop bien. Est-ce que je pourrais vous rencontrer ce soir ?

— Viens à n'importe quel moment de la soirée. Je vais t'attendre.

— J'aimerais mieux vous rencontrer ailleurs, nous serions plus à l'aise.

— Viens au terrain de balle, alors, on parlera en regardant la partie.

— D'accord. À tout à l'heure.

Ce n'est pas sans appréhension que l'abbé termine son souper, puis se rend au terrain de balle. La tempête, qui commence à s'élever dans l'âme de Jean, ne semble pas s'être apaisée. Au terrain de jeux, Jean s'était placé à l'écart pour regarder la partie de balle-molle, ce qui n'était pas son habitude.

— Bonsoir Jean... Est-ce que la partie est commencée depuis longtemps ?

— Non. Depuis un quart d'heure. Ils sont rendus à la deuxième manche.

— Le pointage ?

— 1 à 1.

— Tu n'as pas l'air dans ton assiette. Qu'est-ce qui se passe? Ton père a-t-il des complications?

— Non, il va bien... C'est moi.

— Voyons! Jean! Tu prends les choses trop au tragique.

— Tragique tant que vous voudrez... je me demande si je vais aller au séminaire?

— Y aurait-il un autre problème qui te tracasse?

— Je n'ai pas de cachette, vous le savez. Si je suis pour devenir un curé comme le nôtre, je préfère ne pas devenir prêtre.

— ...

— Quand je pense à tout ce que j'ai vu depuis une dizaine d'années, je devrais dire plutôt à ce que je n'ai pas vu, parce qu'il n'a rien fait, je n'ai plus aucun désir du sacerdoce.

— Pourquoi penses-tu à cela tout d'un coup?

— À venir jusqu'à présent, je n'y avais jamais porté attention. Ma dernière rencontre avec le curé m'a ouvert les yeux. S'il espère m'acheter avec vingt dollars, il se trompe.

— Dis tout le fond de ta pensée. On verra ensuite.

— À part célébrer la messe, lire le prône le dimanche et apporter quelques améliorations à l'église, voulez-vous me montrer ce qu'il accomplit dans la paroisse?... Rien! rien! rien!

— Tu es trop catégorique. Tu ne vois pas tout.

— Je ne sais pas ce qu'il fait au presbytère, mais nous finirions par en voir les résultats. Se dandider et badiner avec les gens. Voilà son travail! Sa messe et son bréviaire n'occupent pas toute sa journée!

— Tu es raide...

— Quelle œuvre progresse dans la paroisse? Aucune, si ce n'est le bingo et le bazar pour payer un tapis. La paroisse ramasse de cette façon quelques milliers de dollars par année. N'allez pas croire cependant que les gens donnent tout à l'église...

— Tu disais pourtant cela, l'autre jour.

— Je comprends mieux le problème maintenant. Les gens disent qu'ils donnent tout à l'église; le peu qu'ils versent leur paraît énorme, tellement ils sont tièdes. Ne craignez pas, pour s'amuser là, ils en ont de l'argent. Regardez-les vivre.

— Parle, c'est le temps. Ici, personne ne fait attention à nous. Par chance.

— Plutôt que de mener la vie d'un célibataire recroquevillé sur lui-même, sans œuvres qui vaillent, confiné à me dorloter dans l'une des plus belles maisons du district, j'aime mieux prendre une autre voie.

— Il possède le même niveau d'instruction qu'un professionnel.

Le vicaire s'aperçoit que Jean est réellement ébranlé dans ses convictions. Que dire? Nier tout? Jean est trop intelligent pour le croire et les faits demeurent. Admettre? Jean l'apprécierait. Toutefois, il faut des nuances. Mais Jean n'est pas dans un état d'esprit propice.

— Moi aussi, je vais te parler franchement.

Jean écoute, les traits durcis.

— Que nous n'ayons pas là l'idéal du prêtre, je l'admets. Les saints sont rares dans le monde. Tu vises plus haut parce que tu as longuement médité sur la grandeur du sacerdoce, son rôle, son rayonnement. Tant mieux !

— Merci, pour les mots ; le curé nous en sert une fois par année à l'occasion de la quête pour les vocations.

— Tu devrais faire beaucoup mieux.

— C'est vous qui le dites...

— Tu n'es pas raisonnable. En tout cas, j'espère que tu t'es déchargé le cœur, que tu n'as plus rien à ajouter.

— Je crois avoir dit le principal.

— Tâche de te distraire un peu pour que nous puissions en reparler à tête reposée. Ce soir, tu es trop « monté ». De mon côté, je réfléchirai à tout ce que tu m'as dit afin de te donner une réponse satisfaisante.

— Je suis dégoûté...

— Viens rejoindre tes amis. Ils doivent se demander ce qu'on brasse dans notre coin.

Pour ne pas continuer la discussion après la partie, l'abbé s'esquive avant la dernière manche pour rentrer au presbytère.

Un couple attend au parloir : M. Germain Boulanger, un jeune comptable, et Mlle Françoise Latendresse, sœur aînée de Jacqueline.

— Bonsoir, monsieur l'abbé.

— Bonsoir, demain le grand jour ?

— Oui... Nous venons payer le mariage et nous

confesser. La ménagère nous a dit que Monsieur le Curé était sorti.

— Oui.

Et le vicaire sort le cahier où sont inscrits les arrangements des mariages en cours. L'argent et le reçu échangés, on se rend à l'église. Dans le portique, la troupe des garçons et des filles d'honneur, des placiers et même des bouquetières les attend. Quelle n'est pas la surprise du vicaire de reconnaître en entrant Jacqueline et Louis, qui doivent servir de garçon et de fille d'honneur.

Pendant quelques minutes, les questions se succèdent et se répètent parfois. Quand faut-il entrer, sortir? Dans quel ordre? Faut-il donner le bras droit ou le bras gauche, etc.

Enfin le groupe se retire pour laisser seuls le vicaire et les deux fiancés. La confession terminée, confession d'un amour comme bien d'autres, l'abbé revient au presbytère en songeant à tous ces jeunes qui se préoccupent davantage de la préparation matérielle du sacrement que de la préparation spirituelle. Et pourtant, qu'est-ce qui en assurera la durée, se dit-il?

Samedi matin, la nature semble se mettre de la partie pour faire de ce mariage l'événement de l'année à Bagamak. Les automobiles décorées de rubans blancs étincellent sous le soleil radieux. Les invités causent en petits groupes, replacent l'œillet à leur boutonnière, retouchent la position de leur chapeau.

Poussé par la curiosité, le vicaire pénètre dans l'église qu'il découvre toute transformée. Des fleurs partout : sur l'autel, sur la balustrade, à la tête des premiers bancs de l'allée centrale. De la porte de la sacristie, les servants jettent un coup d'œil furtif dans la nef. L'abbé monte au jubé afin de mieux voir et ne pas être remarqué.

Poum ! Poum ! Poumpoum ! la marche glorieuse commence. Le dernier accord plaqué et tout le monde en place, Monsieur le Curé entre, fait une génuflexion au pied de l'autel et se rend à la balustrade. Il a revêtu une superbe chasuble blanche ornée de broderie en fils d'or. Plutôt de lire un texte rituel avant de procéder à l'échange des consentements, Monsieur le Curé s'adresse directement aux époux. Son air de bonhomie, l'aisance de son élocution et de ses gestes, enfin sa magnifique prestance charment l'auditoire. Du jubé, le vicaire, au profil maigrelet et au regard austère, brûle d'envie. Des assistants chuchotent ici et là leurs impressions. À tout instant, pour capter une image de cette apothéose, l'éclat d'une lampe-éclair éblouit les mariés et le célébrant. Les consentements échangés, les anneaux bénits, Monsieur le Curé revient à l'autel célébrer la messe. Déjà l'orgue a attaqué les premières mesures en préparation d'une envolée des chantres impatients de se faire valoir. La messe devient alors une réalité qui n'engage que le célébrant et les servants, et encore pas tout le temps.

Dans le défilé de la sortie, le couple, Louis et Jacqueline, retient l'attention du vicaire. Louis, en veston blanc et pantalon noir, et Jacqueline, en robe de tulle rose, marchent lentement, bras dessus, bras dessous, l'air radieux. On dirait qu'ils vivent à l'avance le jour de leurs noces.

Le samedi soir ramène la séance de confessions. Les pénitents ne sont jamais nombreux surtout durant les vacances. Quinze minutes, et les quelques personnes présentes ont déjà reçu l'absolution. L'abbé sort de son confessionnal pour se promener à l'arrière de l'église tout en disant son bréviaire. Les pénitences accomplies, les personnes s'en vont les unes après les autres. L'église devient un îlot de paix où plonge le soleil couchant. Quelques claquements de talons sur le perron, une porte s'ouvre. L'abbé lève la tête. C'est Jacqueline, un fichu blanc sur la tête, qui vient s'agenouiller. À pas lents, l'abbé regagne son confessionnal. Jacqueline y entre.

En l'écoutant, l'abbé frémit intérieurement. Ce qui devait arriver, est arrivé. Les conseils et la pénitence donnés, Jacqueline sort pendant que l'abbé reste à l'intérieur.

— Je l'avais bien dit que cela finirait mal... Je suis lié par le secret, je ne puis pas faire grand-chose... Ah! si le curé m'avait écouté... Ils vont se voir encore toute la semaine prochaine, le bazar commençant mercredi. Et nous sommes seulement à la fin de juillet... Louis va-t-il changer d'idée? de vocation? Ce serait bien dommage. Il possède de si belles qualités...

Le bruit d'une porte qui se referme le tire de sa réflexion.

L'abbé sort du confessionnal et se remet à marcher de long en large au cas où une autre personne viendrait ; encore mieux, si Louis venait. Bien entendu, il ne pourrait pas lui dire que Jacqueline est venue. L'heure s'écoule. Louis ne vient pas.

Après avoir fermé les portes de l'église, le vicaire rentre au presbytère. Le curé est installé devant la télévision. Le vicaire jette un coup d'œil sur l'écran pour voir le genre de programme en cours. Un policier. Il s'assoit. Chaque nouvelle invention entraîne un nouveau mode de vie ; la télévision, elle, a produit la conversation syncopée. Vous ou votre interlocuteur pouvez interrompre une phrase au beau milieu pour porter attention à une scène sur l'écran. Lorsque votre intérêt diminue, vous continuez ou reprenez cette phrase sans plus d'égard pour la personne qui vous écoute. Ce genre de conversation offre toutefois l'avantage d'être plus détendue, moins dense. N'est-ce pas une bonne chose après une grosse journée de travail ? Et ce soir, Monsieur le Curé se repose de la réception en l'honneur des nouveaux mariés à laquelle il a dû assister. Une réception, c'est toujours fatigant.

— Tu n'as pas eu de difficultés hier soir à régler les derniers détails de la noce ?

— Non, Monsieur le Curé.

— Tant mieux ! Je me suis absenté pour rendre visite au président de la chorale. Dans le moment, il semble le plus en retard dans ses préparatifs en vue du bazar. Rien de surprenant, il a été le dernier à décider ce que ses kiosques offriraient en amusements et à indiquer à Louis et Jacqueline le genre d'affiches qu'il désirait.

— Qu'a-t-il l'intention d'offrir ?

— Un kiosque qui permettra aux gens de prouver qu'ils sont de bons lanceurs. Ils doivent renverser des masques alignés le long d'un mur, en utilisant des balles de baseball. Le second kiosque exigera moins de force. Il s'agit de lancer des petites pièces de cinq cents dans des soucoupes qui flottent à la surface d'une grande cuve. Enfin, le troisième présenterait un genre de roue de fortune.

— C'est bien.

Le curé n'enchaîne pas. Sur l'écran vient d'apparaître un bandit qui s'avance l'arme au poing dans un corridor obscur. Le bandit s'arrête devant une porte, l'ouvre doucement, pénètre, reste un instant immobile, puis appuie sur le commutateur. Personne. Le bandit serre son arme.

— De quoi parlions-nous? Ah! Je m'en souviens. Des kiosques. Je t'assure que l'organisation d'un bazar demande plus d'efforts que cela en a l'air. Tu en feras l'expérience toi-même plus tard. À moins que le curé ne s'en occupe, il ne se fait pas grand-chose. Cette fois, j'espérais m'en remettre à Louis et à Jacqueline, mais je m'aperçois que je dois encore surveiller la marche des travaux. Louis et Jacqueline n'ont pas d'expérience en ce domaine. Heureusement, ils rendent un grand service pour la décoration et pour la publicité.

— Pour dire la vérité, Monsieur le Curé, je suis surpris de voir combien nous devons nous occuper de choses matérielles dans notre ministère.

— Surpris! s'exclame le curé sur un ton gouailleur. C'est parce que tu ne connais le ministère qu'à travers des revues écrites par des personnes qui n'ont jamais été curés de leur vie. De la belle théorie, c'est tout. Leurs églises peuvent bien être vides.

Fier de sa réplique, le curé s'arrête pour donner le temps à son jeune confrère de la digérer. Voilà une leçon qu'il se proposait de lui donner depuis longtemps. De le voir revenir du bureau de poste avec une revue biblique, liturgique ou dite de pastorale, l'agaçait depuis quelque temps. Le vicaire, de son côté, cherche une riposte qui ne dégénérerait pas en querelle. Monsieur le Curé s'aperçoit vite qu'il a l'avantage du combat ; aussi décide-t-il de lancer une seconde charge.

— Je vais te le dire ce que c'est le ministère. Prenons par exemple le mariage de ce matin. Je les ai laissés mettre des fleurs partout où ils en voulaient, photographier et chanter de même. Tout cela pour leur faire plaisir. Ils m'avaient invité à la réception. J'y suis allé. Là, j'ai causé avec tout le monde, ri, mangé, etc. C'est de cette façon qu'on établit des contacts. Puis j'ai glissé au hasard de la conversation des invitations à encourager le bazar que nous aurons bientôt.

Devant ce petit panégyrique, le vicaire murmure avec humour :

— Vous auriez fait un excellent politicien !

Calé dans son fauteuil, les deux jambes croisées sur un tabouret, Monsieur le Curé savoure le compliment. Il vaut mieux en profiter, car cela n'arrive pas souvent. Son « intellectuel » vicaire est franchement avare sur ce point.

À la télévision, le film policier tire à sa fin. Le bandit, menottes aux mains, monte dans une voiture

102

de la police. Monsieur le Curé regarde sa montre, se lève et prend congé du vicaire.

— Bonsoir. Je vais aller penser à mon sermon de demain.

— Bonne nuit, Monsieur le Curé.

S'il peut se souvenir de la leçon que je viens de lui donner, se dit le curé en fermant la porte de son bureau.

CHAPITRE III

Crise chez M. le vicaire

En dépit du ciel brumeux qui assombrit le dimanche matin de ce 22 juillet, Monsieur le Curé est de bonne humeur et plein d'enthousiasme.

À la grand-messe, Alfred Beaumarché l'écoute avec délices :

— Mes bien chers frères, nous sommes à la veille de recueillir le fruit de nos efforts. Notre comité d'organisation du bazar a beaucoup travaillé durant les dernières semaines. Des jeunes, en particulier, ont consacré plusieurs après-midi à dresser les plans des kiosques et à peindre les affiches. Des dames ont tricoté et confectionné toutes sortes de beaux ouvrages.

D'autres ont recueilli des cadeaux. Je remercie toutes ces personnes, en mon nom et au nom de la paroisse, pour leur générosité et leur dévouement, et je compte qu'elles vont continuer jusqu'à la fin de la semaine à fournir la même collaboration. Cependant, mes bien chers frères, ce n'est pas suffisant. Nous devons fournir un dernier grand effort. Le bazar commencera mercredi soir prochain. Il faut ériger dès demain soir la structure de tous nos kiosques. Nous avons besoin d'ouvriers qui consacreront généreusement leur soirée à ce travail indispensable.

Je sais que chaque organisation paroissiale trouvera des membres pour en assurer la finition, parce que nos jeunes ne pourront pas tout installer. Ces mouvements auront des commis à leurs kiosques tous les soirs du bazar qui commencera mercredi pour se terminer vendredi soir. Votre fin de semaine sera libre, de cette façon. Je compte que vous viendrez tous encourager ce bazar et que vous inviterez vos amis des environs. Il faut en retirer un succès sans précédent. C'est pour vous, pour la paroisse. Dès dimanche prochain, vous aurez le plaisir de voir le résultat de vos efforts. J'ai reçu, en effet, une note me disant que le tapis serait livré dans le courant de la semaine. Nous nous empresserons de le poser pour que vous puissiez l'admirer sans tarder.

Si Alfred Beaumarché étale un sourire épanoui, l'abbé, à la banquette, n'en a pas du tout. «... Pour la paroisse... un tapis... Ce m... tapis... Jean a bien raison. C'est la seule chose importante, la seule préoccupation du curé dans le moment. *Credo in unum Deum Patrem omnipotentem, factorem caeli et terrae, visibilium omnium et invisibilium...* Mon Dieu, bien des choses sont mystérieuses... »

Quand l'avant-midi se termine, le vicaire sent sa tête se disloquer sous la pression d'un casque invisible.

Comme à l'ordinaire, la ménagère a préparé un bon repas. Hélas! la saveur des aliments est absorbée par l'amertume qui se distille dans son cœur.

— Il n'y a pas de baptême prévu cet après-midi... Je vais m'allonger une heure. S'il vient quelqu'un, prévenez-moi.

— Allez vous reposer. Vous avez l'air «fripé», monsieur le vicaire.

Bien étendu sur son lit, l'abbé sent peu à peu le rythme de son cœur diminuer et l'étreinte de ses tempes se relâcher.

À deux heures trente, on sonne à la porte. La ménagère vient ouvrir.

— Est-ce que le vicaire est ici?

— Oui, mais...

— Je voudrais lui remettre un volume et parler en même temps d'une chose importante.

— Très bien.

La ménagère gravit l'escalier à pas feutrés et frappe à la porte de chambre du vicaire :

— Monsieur l'abbé, quelqu'un veut vous voir.

— Qui?

— Louis Beaumarché. C'est important.

— Ce ne sera pas long.

Et la ménagère revient au bureau.

— Assoyez-vous. Il va descendre dans quelques minutes.

— Vous aurez du bruit autour du presbytère cette semaine.

— Oui, avec le bazar. Si on peut jouir d'un beau temps.

— Espérons. La pluie d'aujourd'hui devrait nettoyer le ciel pour la semaine.

— Vous avez travaillé assez fort. Ce serait dommage si vous n'obteniez pas un grand succès.

L'escalier craque. C'est l'abbé qui descend.

— Bonjour, Louis! Quel bon vent t'amène...

— Je vous rapporte le livre que vous m'avez prêté.

— En as-tu déjà fini?

— Hier, j'ai rencontré Jean et il m'a dit que vous aviez l'intention de le lui passer. Pour ne pas le faire attendre, je vous le rapporte aujourd'hui.

— Comment l'as-tu aimé? Intéressant?... En veux-tu un autre?

— Non merci. J'y ai jeté un coup d'œil, mais...

— Tu ne l'as pas lu?

— Vous comprenez avec le bazar, je n'ai pas beaucoup de loisirs.

— Tu peux le garder si tu le désires; Jean attendra.

— Ce n'est pas nécessaire.

— Que veux-tu dire?

— Il ne faudrait pas penser que je suis tout à fait décidé à entrer au grand séminaire l'an prochain.

— N'as-tu pas manifesté cette intention l'autre jour?

— Oui, et peut-être plus que je n'aurais dû le faire, sans doute sous l'influence de Jean.

— Quelle est ton intention?

— Je songe parfois aux Hautes Études Commerciales, à devenir comptable. Mon père vieillit. Son commerce se développe. Il aimerait certainement que je l'aide et lui succède un jour.

Le visage de l'abbé se durcit. Ce langage lui tape sur les nerfs.

— Mais, au collège, tu y as pensé pourtant à la grandeur du sacerdoce. Ça ne se compare pas avec...

— Tous ne sont pas obligés de devenir prêtres, monsieur l'abbé. Il faut qu'il en reste dans le monde. Cela ne m'empêchera pas de travailler pour l'Église. Regardez ce que j'ai accompli cet été, ce que mon père a contribué à l'église...

Tandis que Louis continue de parler, le vicaire, le teint pâle, l'observe. Le jeune homme n'ose pas le regarder; son regard erre sur les murs. Toujours élégamment vêtu, Louis porte aujourd'hui un chic gilet de sport et des souliers neufs, ajourés, vernis. Pour venir si tôt cet après-midi, aurait-il un rendez-vous ailleurs, avec Jacqueline peut-être? Ah! cette Jacqueline, se dit l'abbé; et emporté par l'émotion, il continue tout haut.

— Tu ferais beaucoup mieux de dire que tu es en amour avec Jacqueline.

Louis sursaute.

— Ça, c'est de mes affaires. Bon, je m'en vais. Je suis en retard.

— Au revoir !

Et l'abbé referme la porte derrière Louis. Le jeune homme riche de l'Évangile, murmure-t-il en remontant à sa chambre.

Vers cinq heures trente, la sonnerie téléphonique retentit au presbytère. Monsieur le Curé, en train de compter la quête dans son bureau, répond :

— Presbytère... Alfred ! Comment ça va ?... Vous faites mieux de réussir votre bazar. La quête baisse. Durant les vacances, c'est toujours de même. Les gens sortent et oublient de venir à la messe... Qu'est-ce que tu dis ? Le vicaire ? Louis ?... Très bien, je vais y voir. Bonsoir.

Le curé raccroche et se remet à compter l'argent. Un paquet de billets sous la main gauche, du bout des doigts de la main droite il soulève rapidement l'une après l'autre l'extrémité des billets : un, deux, trois et le reste.

Soudain le curé s'arrête et repousse la liasse.

— Impossible de penser à deux choses en même temps, se dit-il. Le vicaire encore de travers ! Non, mais va-t-il finir par comprendre ce que je veux ? Je lui ai pourtant donné une bonne leçon, samedi soir. Il faut plaire aux gens. Voilà que cet après-midi, il s'est disputé avec Louis au sujet de sa vocation. Louis est assez vieux maintenant pour savoir quelle conduite tenir, et quelle vocation choisir. Ce n'est pas le temps de se brouiller avec lui alors qu'il travaille bénévolement pour la paroisse. Un incident qui pourrait nuire au bazar, si je n'y vois pas.

Pour atténuer la colère qui monte, le curé allume une cigarette.

— Je vais demander son changement. Nous ne pouvons pas vivre constamment en opposition. Le printemps dernier, il a cabalé avec la Ligue pour obtenir que la commission scolaire engage quelques sœurs parce que l'évêque l'avait souhaité, lors de sa visite pastorale de l'automne dernier. Moi aussi, je le souhaite, mais je sais que les temps ne sont pas mûrs. Et ils étaient loin de l'être, alors que le président de la commission scolaire proposait la nomination de sa nièce au poste de directrice de l'école des filles. Je n'étais pas pour me créer des ennemis. Malheureusement, mon vicaire n'a pas compris cela. Il n'a pas réussi dans sa campagne pour autant... Non, cela ne peut plus durer.

Un tintement annonce que le souper est servi. Monsieur le Curé tire une dernière « touche », avant d'écraser son mégot dans un cendrier. Décidé à en finir, il se rend à la salle à manger. Qu'il est pénible de se choquer lorsqu'on est d'un tempérament jovial, aimant la vie et le plaisir ! Le vicaire attend, debout, le curé. En le voyant arriver le visage congestionné, tout de suite, il soupçonne quelque chose et baisse les yeux. On récite le bénédicité, le curé d'une manière distraite, le vicaire à mi-voix. Sitôt assis, Monsieur le Curé passe à l'attaque.

— Écoute, j'ai eu un téléphone de M. Beaumarché. Il m'a dit que tu as disputé son garçon cet après-midi, à propos de sa vocation.

— Nous ne nous sommes pas disputés. Je lui ai parlé franchement, c'est tout.

— Il n'y a pas ni ci ni ça. Je suis le curé et je te demande d'arrêter de te mêler des affaires de Louis. Il est assez vieux pour s'occuper de son avenir. En ce moment, il nous rend bien service. Ce n'est pas le temps de nous brouiller avec lui. J'espérais que tu avais pris la leçon que je t'ai donnée hier soir. Retiens cela! Pour réussir dans le ministère, il faut savoir plaire aux gens.

Inutile de dire que le reste du repas se passe dans le silence... Sorti de table, l'abbé n'a qu'un désir : s'éloigner. Où aller? Marcher n'importe où. Malheureusement pas pour longtemps. Célébrer le salut du Saint Sacrement, à sept heures, semble réservé au vicaire. La pluie a cessé. Le soleil fait une trouée à l'ouest. Tout reluit! le pavé, les arbres, jusqu'aux vieilles marches de bois qui recouvrent leur lustre d'antan. L'abbé erre à travers les rues.

Sept heures moins cinq le ramène à l'église où quelques saintes femmes égrènent leur chapelet, tandis que des petits enfants, assis dans les premiers bancs, se retournent au moindre bruit. Le vicaire expose le Saint Sacrement. Au pied de l'autel, il essaie de prier. En fait, la même supplique revient sur ses lèvres :

— Mon Dieu, qui a raison, le curé ou moi?

Dès la fin du salut, l'abbé s'esquive vers le presbytère.

Remonté à son bureau, le vicaire s'affale sur la chaise, face à son pupitre.

114

Une foule de souvenirs surgissent et viennent embuer ses yeux.

« En juin dernier, c'était mon ordination. Le grand jour ! Son Excellence, les prêtres, mes parents, mes amis s'étaient tous agenouillés à mes pieds pour se faire bénir et baiser mes mains. Puis, le banquet avec les discours de souhaits. Je devais sauver le monde. Le lendemain, à ma première messe, j'avais réellement l'impression de tenir le Christ entre mes mains à la consécration. Maman en avait la larme à l'œil, quand je lui ai donné la communion. Son Excellence m'a accordé quinze jours de vacances. J'ai visité la parenté. Partout, j'étais reçu en prince, en nouveau prêtre ! Tous les enfants voulaient avoir des images souvenirs. Vers la fin de la deuxième semaine, j'ai reçu une lettre de l'évêché. Son Excellence me nommait vicaire à Bagamak, avec toute la juridiction concédée dans le diocèse aux vicaires coopérateurs. Mon arrivée à Bagamak s'est faite sans tambour ni trompette. Un ami, propriétaire d'une camionnette, vint me reconduire avec mon petit bagage d'ex-séminariste. Monsieur le Curé et la ménagère m'accueillirent chaleureusement cependant. Ma chambre et mon bureau respiraient la propreté. Au souper, la ménagère se surpassa en délicatesse. Je n'avais jamais rencontré le curé. La place, elle-même, m'était presque inconnue. Le repas fut un échange de renseignements. Le curé s'enquit de ma famille, de mes études, etc. En retour, je lui demandai une foule d'informations sur Bagamak, son histoire, le mode de vie de sa population, le nombre de familles, etc. Chaque repas, par la suite, m'apportait des connaissances nouvelles et intéressantes. En compagnie du curé, je fis aussi le tour de la paroisse. Il me montra les édifices importants, les deux écoles modernes, les bâtiments de la mine... Je remerciais le bon Dieu de m'avoir envoyé ici !

Je suis arrivé un mercredi. Le samedi soir qui suivit, j'entendis mes premières confessions : quelques vieilles dames, deux ou trois petits enfants, et celle d'un jeune homme. Sa confession m'avait rappelé celles de mon temps de collège. Dieu seul connaît avec quelle attention je les ai écoutées et avec quelle bonté j'ai donné ensuite la pénitence et l'absolution. Je vécus, dans la tranquillité, les premières semaines. J'avais toute la journée pour réciter mon bréviaire, lire, écrire aux amis. Au cours de mes promenades en ville, j'en profitais pour causer avec les gens. Les parties de balle m'ont attiré souvent. J'y ai fait la connaissance de Louis et de Jean. Après un certain temps, quand Monsieur le Curé vit que je pouvais me débrouiller seul, il s'absenta durant quinze jours. J'étais quasi-curé. Un petit sentiment de fierté m'auréolait le cœur, je me le rappelle. Un Père du collège arriva le samedi après-midi pour m'aider. Il dut s'apercevoir de ma vanité, quand je lui expliquai ce qu'il ferait le dimanche matin. Nous avons eu beaucoup de plaisir durant la soirée à évoquer des souvenirs de collège.

Les vacances passèrent. Septembre arriva avec la rentrée des classes, les confessions des enfants et des grandes personnes pour le premier vendredi du mois.

Quelle surprise ! J'avais confessé quelques personnes de temps en temps durant les vacances, mais aucune session si longue. J'en sortis assez désabusé. Le péché règne dans le monde, me dis-je. Blasphèmes, impuretés, ivrogneries et profanations du

116

dimanche se partagent la royauté. Élevé dans les milieux clos de la famille, du collège et du séminaire, je n'avais jamais constaté une si grande prolifération du péché. Deux semaines plus tard, Monsieur le Curé annonça la visite paroissiale. Celle-ci me fournit l'occasion d'avoir une connaissance générale de la paroisse; je l'ai faite presque tout seul. Toutes les familles me reçurent poliment. Partout, les gens aimaient causer. Très rares, cependant, sont les familles où la conversation prit une allure sérieuse. Même les concubins étaient accueillants. Ils avouaient leur état avec le plus beau sourire, payaient leur dîme et en profitaient pour faire bénir une statue, un chapelet ou montrer le portrait d'une tante religieuse. Ces premières rencontres me troublèrent. J'en parlai au curé pendant un repas. "Comment cela se fait-il, on dirait qu'ils ne réalisent pas qu'ils vivent dans le péché? — Il ne faut pas que tu t'en préoccupes. Ils y sont habitués. Tu vas voir, toi aussi tu vas t'accoutumer à les entendre."

À la fin d'octobre, comme la visite paroissiale commençait à tirer vers la fin, je demandai au curé :

— Dans quelles classes vais-je enseigner le catéchisme?

— Penses-tu réussir avec les grands?

— J'aimerais cela.

— Alors prends les élèves de quatrième année en montant. Je m'occuperai des petits.

J'ai compris, par la suite, la raison de cette offre. Une autre fois, je demandai au curé s'il avait choisi un thème pour les sermons durant l'année.

— Un thème de sermons? Voyons, de quoi avons-nous parlé l'an passé? Tiens! Nous allons prendre la

117

messe. C'est bien important. Il faut toujours en parler.

— Quand commençons-nous?

— Si tu le veux, dès dimanche prochain, et tu prêcheras.

— Entendu!

Dès le dimanche suivant, le curé parla sur un autre sujet.

Le catéchisme aux écoles fut un véritable plaisir. Quel agrément d'enseigner aux enfants le chemin du ciel. Leurs âmes innocentes accueillent avec docilité la parole du prêtre. Et parmi le groupe se trouvent toujours quelques enfants qu'on aime davantage, parce que Dieu semble les avoir gratifiés de plus de dons que les autres. Plaisir que j'aurais bien aimé partager... Le mois d'octobre amena aussi la distribution des aumôneries. Le curé se réserva le comité du bingo et les Dames de Sainte-Anne. Le reste m'échut: la Ligue du Sacré-Cœur, les servants, la chorale, les Enfants de Marie.

— Qu'attendez-vous de ces organisations, Monsieur le Curé?

— Faites ce que vous voulez.

Déjà je sentais que nous n'avions pas la même conception du ministère.

Noël approchait à grands pas. La messe de minuit offre de nombreuses possibilités liturgiques. J'en parlai au curé.

— Que voulez-vous pour Noël, Monsieur le Curé?

— Comme d'habitude.

— Je n'étais pas ici l'an dernier.

— Pour les cantiques et la messe, tu peux voir le directeur de la chorale. Que les servants revêtent leurs soutanes rouges et les surplis en dentelle qui se trouvent quelque part dans la sacristie. Quant à nous, nous allons étrenner un nouvel ornement doré.

Chose certaine, à Noël, il y avait les neuf chœurs des anges dans le jubé et un beau roi mage resplendissant paradait dans le chœur.

Le carême arriva. Avec les messes de l'après-midi, j'avais l'impression de ne plus voir passer les journées. À la mi-carême eut lieu la retraite paroissiale, prêchée par deux bons Pères : un vieux et un jeune. Le vieux avait parcouru la province en tous sens, était l'ami, que dire, le confident, d'une demi-douzaine d'évêques. En un mot, il tranchait tout. Heureusement qu'il possédait une mine inépuisable d'histoires comiques. Le jeune tentait de compenser sa jeunesse par son ouverture à la discussion et l'intérêt de ses exemples vécus.

Ces quinze jours de retraite furent pour moi de réelles vacances, une véritable détente spirituelle. C'est ainsi qu'un jour le vieux Père s'avisa de conter l'histoire du curé qui ne voulait pas démissionner : Son Excellence lui dit : "Monsieur le Curé, vous commencez à vieillir... vous n'auriez pas l'intention de vous reposer un peu avant de mourir ? — Ah ! Monseigneur ! je veux mourir les armes à la main. — Très bien. Très bien. Comme ça, il serait peut-être temps de les prendre."

Les bons Pères n'étaient pas mauvais prédicateurs ; mais, l'église était loin d'être pleine. Une bonne fois, tout en causant de mille et une choses, un des prédicateurs manifesta son étonnement du peu d'assistance. Le curé répondit qu'il n'en connaissait pas la raison, qu'il avait essayé toutes les communautés sans plus de succès.

Quelques jours après, nous étions en pleine Semaine sainte. On s'habitue à tout ici-bas, même à entendre les confessions. Comme les confessions pascales me fatigaient beaucoup moins qu'à celles de Noël, j'eus le temps de me poser ce problème pendant la semaine.

— Combien de personnes ai-je confessé pendant la semaine? Si le curé en a confessé autant que moi, hum! plusieurs personnes ne se sont pas encore approchées...

Pâques arriva et remporta le même succès liturgique qu'à Noël. Ce qui n'est pas peu dire.

Pendant le carême, la Ligue s'était renforcie. À l'occasion de la retraite, nous avions eu une réception de Ligueurs et un renouvellement de promesses. Je jugeai l'occasion favorable pour déclencher une campagne en faveur de la venue de religieuses.

Je m'apercevais toutefois que la Ligue était loin d'être le mouvement de masse qui soulevait la paroisse. Qu'est-ce qu'une centaine de personnes qui paient leur contribution en comparaison de la population de Bagamak? Qu'est-ce qu'une assistance d'environ cent vingt-cinq personnes à l'heure sainte, y compris les femmes et les enfants, sur quelques milliers d'âmes. La plupart des membres n'y assistent pas. La population d'une façon générale n'a plus de piété. On entend encore la messe dominicale; mais on n'a pas besoin de raisons graves pour la manquer.

Bagamak n'est pas pire qu'ailleurs, disent-ils. Peut-être ? Chose certaine, ce n'est pas fameux, la religion est devenue une formalité, l'accomplissement de quelques devoirs religieux qui constituent les versements d'une prime d'assurance dont les rentes seraient le ciel. On s'en tient au strict minimum pour ne pas perdre son assurance-paradis. On n'en fait pas davantage pour ne pas perdre son confort.

La campagne en faveur de la venue des sœurs échoua. Elle ne parvint pas à éveiller l'intérêt de la population et les commissaires prétextèrent que la construction d'un couvent nécessiterait une hausse de taxes.

En fin de mai, j'ai préparé la communion solennelle et la profession de foi. Qui donnera la nourriture spirituelle, si ce n'est le prêtre ! Juin m'apporta un peu de répit. Et ce fut le début des vacances, le retour de Jean et de Louis, l'annonce du bazar et le reste. Une année de passée déjà, de perdue ?... Il faut bien admettre que Monsieur le Curé s'adapte davantage à la population et qu'il jouit ainsi d'une grande popularité... Où se situe le juste milieu ? »

L'abbé ne se sent pas bien, sa tête est lourde, ses mains moites. Il décide de sortir pour se rafraîchir.

Le pavé a séché. Ici et là, quelques personnes s'attardent devant les vitrines de magasins. L'enseigne du cinéma clignote au loin.

— Je ne suis pas pour me promener dans la rue, les gens vont se demander ce qui me prend.

Dans l'obscurité, l'église brandit fièrement sa croix lumineuse au néon. Après avoir fait plusieurs fois le tour de l'église, le vicaire revient au presbytère s'asseoir sur la galerie.

— Que fait Louis en ce moment? Est-il avec Jacqueline au camp? Et Jean? Va-t-il revenir sur son idée de ne pas entrer au séminaire?...

Au bout de quelques minutes, l'abbé se relève pour arpenter la galerie en regardant les lumières des maisons s'éteindre les unes après les autres. Sa silhouette va et vient comme la rumeur de la mine que la brise apporte. Il se découvre seul au milieu d'un monde qui l'entoure. De guerre lasse, à court d'idées, frileux, l'abbé rentre vers minuit se coucher.

Le lendemain, après une nuit entrecoupée de cauchemars, de réveils intermittents, il a l'impression de porter un casque de plomb.

Les ablutions matinales lui apportent un soulagement éphémère.

De ce temps-ci, le vicaire médite les Évangiles. Il ouvre donc son Nouveau Testament au passage où s'est terminée la méditation de la veille et reprend la lecture dans l'espérance de trouver un verset qui le frappe davantage. Il lit quelques minutes pour s'apercevoir finalement que son esprit fatigué ne s'arrête à rien ce matin-là.

L'abbé se lève, dépose son évangile sur le bureau, saisit son bréviaire et dégringole l'escalier. Au bas de celui-ci, il jette un coup d'œil du côté de la porte du curé. Elle est fermée. Aucun bruit. L'abbé sort. L'air est frais. Quelques îlots de mousse flottent dans le ciel délavé. Dans le parterre une rosée blanchit le gazon, des diamants sont enchassés dans les fleurs. Le vicaire aspire quelques bouffées d'air pur.

— Le bedeau ne doit pas être encore arrivé, je vais ouvrir l'église.

Ce travail fait, il s'assoit à l'arrière de la nef et fixe le tabernacle. Il voudrait prier, hélas! Il en est incapable. L'arrivée du servant lui rappelle qu'il doit dire la messe de sept heures. Il célèbre mi-étourdi, mi-conscient. Sensation étrange : tout semble matériel, vidé de sa relation spirituelle. Les gestes sont mécaniques. De retour au presbytère, il se rend à la salle à manger pour déjeuner.

— Bonjour, monsieur l'abbé, qu'est-ce que vous mangez ce matin, lui demande la ménagère?

— Je n'ai pas bien faim... des rôties...

— Êtes-vous malade? Vos traits sont étirés.

— J'ai mal dormi... Mon souper ne voulait pas descendre.

— Vous devriez sortir aujourd'hui. Le bon air vous ravigoterait. Et la ménagère de regagner sa cuisine. On dirait une véritable maman qui s'intéresse aux prêtres qu'elle sert comme s'ils étaient ses enfants.

En attendant ses rôties, le vicaire ouvre un petit radio qu'on laisse en permanence dans la salle à manger. Un torrent de musique endiablée déferle du petit haut-parleur qui en vibre. Vite, l'abbé baisse le volume et essaie de capter un autre poste qui donnerait un bulletin de nouvelles ou de sports. Il y réussit au moment où la ménagère lui sert ses rôties et son café.

Quinze minutes, une demi-heure passe à rêvasser beaucoup plus qu'à manger. Il est à déguster sa deuxième tasse de café lorsque Monsieur le Curé arrive pour déjeuner.

D'un coup d'œil, le curé s'aperçoit que son vicaire n'est pas dans son «assiette», qu'il n'a pas «digéré» sa remarque de la veille. Un prêtre possède toujours une âme sensible quelle que soit son apparence bourrue. Sa vocation la suppose, son éducation l'affine. La mine triste de son jeune confrère le peine. Elle lui rappelle ses premières années de sacerdoce où il avait eu lui aussi à subir certaines brimades de ses supérieurs. Certains matins n'étaient pas roses, loin de là. Les jeunes prêtres sont tous pareils ; ils tiennent à leurs idées bien tranchées. Le rodage de la vie produit toujours quelques étincelles dans les débuts.

Pour rompre la glace, le curé demande :

— Y a-t-il longtemps que tu es allé chez vous ?

— Peut-être deux mois ?

— Va donc leur rendre visite.

— Je serai en vacances dans trois semaines.

— Ça ne dérange rien... Ce soir, nous devrions avoir assez d'hommes pour construire les kiosques. Des ligueurs vont venir ?

— Oui. J'ai rencontré le président hier après la messe de midi et il m'a dit qu'il avait recruté une petite équipe.

— Alors tu n'as pas à t'inquiéter. Pars.

— Je vais en profiter. Merci bien, Monsieur le Curé. Le garage Nadeau me prêtera certainement une automobile.

Il revient au volant d'une auto usagée, avec une affiche «à vendre» sur la banquette arrière.

Cinq minutes plus tard, la vieille auto 1940 file aussi vite qu'elle le peut vers le village de Saint-Bernard. Les parents de l'abbé y mènent une vie modeste. Monsieur Laflamme travaille à la boulangerie pendant que sa femme consacre ses loisirs aux œuvres paroissiales. Ils n'ont eu que deux enfants: lui et une fille, maintenant mariée et demeurant dans la paroisse voisine.

— Dans deux heures, je devrais être rendu... Il n'y a pas beaucoup de circulation ce matin... La vieille a encore du cœur. Pourvu que je n'aie pas de crevaison.

La première heure produit chez lui une véritable détente nerveuse. Les réactions de la voiture, l'accélération, les freins, les bruits de la carrosserie s'allient au paysage pour lui faire oublier son problème. Hélas! comme l'emprise d'un soporifique s'évanouit avec le temps, la griserie de la route s'apaise à mesure qu'il approche du but de sa randonnée.

— Vais-je me rendre à la maison ou bien chez le curé? Je vais me rendre d'abord chez le curé. Il faut que je lui parle. J'en ai assez.

Monsieur le Curé Vaillant est depuis sa tendre enfance son confident et son idéal. Par sa stature imposante, son visage carré où saillent d'épais sourcils cendrés, il symbolise déjà la force, la robustesse. L'abbé est devenu prêtre pour l'imiter. Comme le magnétisme ramène l'aiguille aimantée malgré les secousses qu'on lui implique, la personnalité du curé de Saint-Bernard l'a toujours attiré en dépit des difficultés. Être curé de cette paroisse ne constitue cependant rien d'exceptionnel pourtant. Paroisse agricole, semblable à plusieurs autres, avec un petit village composé de quelques maisons de rentiers et d'employés de la voirie et quelques établissements commerciaux. Où se trouve donc ce qui a fasciné l'abbé dès son adolescence? Dans sa valeur intellectuelle? Non. Le curé de Saint-Bernard n'est pas un spécialiste en quelque matière. Dans son éloquence? Non. Dans son esprit d'organisation? Non. Dans son caractère sociable? Non plus. Le rayonnement du curé de Saint-Bernard provient d'une source beaucoup plus riche et limpide: il est le bon pasteur de l'Évangile qui veille sur ses brebis et les guide vers les gras pâturages. Toute sa vie obéit à cette consigne: être le père spirituel de la paroisse. Son zèle, qui s'exerce à travers toutes les activités paroissiales transparaît davantage à l'église. Jamais, les fidèles n'ont l'impression que Monsieur le Curé s'y ennuie, qu'il vient de célébrer par obligation: qu'il s'agisse de la messe, du mois de Marie ou d'une simple prière du soir, les paroissiens ont conscience que leur curé remplit le rôle de médiateur entre eux et l'hôte du tabernacle. À l'heure sainte mensuelle qu'il prêche, nul ne peut y assister sans constater les relations spéciales qui existent entre le curé et Dieu. Malgré son peu d'éloquence, beaucoup frémissent le jour de l'An à l'entendre. Ses souhaits sont ceux d'un père. Personne n'est oublié: les jeunes, les adultes et les vieillards. À ces derniers, il souhaite de bien profiter de l'année nouvelle pour se préparer au grand voyage.

— L'année prochaine, plusieurs qui sont ici

aujourd'hui n'y seront pas. Dieu sera venu les chercher pour les récompenser de leur travail.

Ces paroles prononcées avec amour, loin d'effrayer, sèment la véritable sérénité dans les âmes. Voilà l'idéal qui a brillé devant ses yeux depuis son adolescence et qui a attiré l'abbé vers le sacerdoce. Il réfléchit encore quand le clocher de Saint-Bernard surgit à un détour de la route.

— Quelle heure est-il? Onze heures. Je n'ai pas pris deux heures... C'est excellent. Je suis aussi bien de filer au presbytère tout de suite si je veux avoir le temps de dire au curé tout ce que j'ai sur le cœur. J'irai à la maison ensuite. J'espère que le curé n'est pas sorti.

Il reconnaît ici et là quelques amis qu'il salue de la main au passage. Arrivé devant le presbytère, l'abbé s'engage dans le chemin privé de la paroisse, et stationne le long de la maison. La ménagère, en train d'arroser les fleurs sur la galerie, lève la tête.

— Bonjour, monsieur l'abbé, comment allez-vous? Ça fait longtemps qu'on ne vous a pas vu.

— Bonjour, madame. Ça fait bien deux mois que je ne suis pas venu.

Le curé, attiré sans doute par les éclats de voix, apparaît sur le seuil de la porte.

— Ah! de la grande visite.

— Bonjour, Monsieur le Curé.

— Viens t'asseoir dans mon bureau, on va jaser.

— À tout à l'heure, madame.

Et l'abbé suit le curé dans le presbytère. Ils pénètrent dans une pièce familière à l'abbé, située dans un angle de la maison, éclairée par deux fenêtres. Un pupitre en chêne est placé près d'elles. Des bibliothèques garnissent les murs. Deux fauteuils en cuir dessinent leur masse plus sombre sur le linoléum marbré.

Durant quelques minutes la conversation erre sur des sujets divers. L'abbé s'informe en particulier des derniers événements dans la vie de Saint-Bernard. Il hésite un peu à dévoiler son problème. Heureusement, l'inévitable question « Comment ça va à Bagamak ? » arrive et lui permet d'épancher son âme.

Pendant que l'abbé parle, le curé prend sa pipe au repos dans un cendrier, se met à la bourrer, se mettant ainsi à l'écoute.

Tout y passe : le bazar, le tapis, le problème de vocation de Jean et Louis, la petite cabale en faveur de la venue de sœurs enseignantes à Bagamak, enfin cette différente orientation du ministère qui existe entre lui et son curé.

De temps en temps, le curé Vaillant fronce les sourcils et plisse le front dans un effort de concentration pour démêler cet écheveau de faits que lui donne son jeune confrère. Trente minutes s'écoulent ainsi à l'écoute. Enfin l'abbé s'arrête. Le curé dépose sa pipe.

— Ne sois pas trop dur. Tu verras avec le temps combien il est difficile de rester dans les hauteurs de la vie spirituelle. Le monde tire constamment après les plis de notre soutane pour nous faire choir et nous piétiner ensuite. Tantôt c'est un paroissien qui vient nous inviter à la pêche où il nous offrira un verre et même davantage, tantôt c'est un autre qui nous rend service pour nous obliger à fermer les yeux sur la façon dont on se conduit à la salle de danse, etc., sans compter le courant de la vie moderne qui nous prêche l'idéal du confort et du plaisir sous toutes ses formes.

Pour en venir à ton problème, je ne me risquerai pas à juger la conduite de ton curé. C'est un sujet délicat. Je préfère te rappeler un principe de base qui peut orienter toute ta vie dans la bonne direction : centre ta vie sur la messe. À mon avis, on considère trop la messe en elle-même. On en admire la grandeur sublime certes, mais on en fait une réalité indépendante, juxtaposée aux autres activités de notre vie. Si nous regardons la vie du Christ, nous constatons qu'il n'en est pas ainsi. Quelle a été l'action principale, centrale, vers laquelle toute la vie du Christ convergeait, si ce n'est le sacrifice de la croix ? Tout dans la vie du Christ, de son incarnation à sa mort est relié, ordonné à son sacrifice où il a montré, signifié à son Père son Amour pour Lui de la manière la plus visible.

À l'ordination, notre être a été transformé et élevé au rôle de médiateur entre Dieu et les hommes. Nous participons désormais au sacerdoce du Christ. Dans notre vie sacerdotale, tout doit donc converger vers la messe, qui renouvelle d'une façon non sanglante le sacrifice de la croix.

Comme le curé fait une pause, le jeune abbé en profite pour glisser une remarque :

— Si cette convergence apparaît clairement dans la vie du Christ, elle semble moins visible dans la nôtre.

— Peut-être. Mais penses-y un peu. Pourquoi prêchons-nous, enseignons-nous le catéchisme ? Pourquoi même organisons-nous toutes sortes d'œuvres sociales, de bien-être ? Nous posons toutes ces actions pour approcher les âmes de Dieu, les unir à Lui. Or, existe-t-il sur cette terre un moyen qui unit davantage l'âme à son Dieu que la messe. N'est-ce pas à cet instant aussi que l'âme glorifie Dieu de la façon la plus excellente possible ? Le Fils de Dieu s'offre pour elle au Père et l'invite à communier à son corps, à son sang et à sa divinité. La messe constitue le pôle autour duquel gravite toute notre vie sacerdotale. Le laïc aussi participe au sacerdoce du Christ, comme membre de son Corps mystique, et il offre le même Sacrifice par le ministère de nos mains.

— Je comprends davantage maintenant votre expression : centre ta vie sur la messe, mais je ne saisis pas ce qu'il advient du problème du juste milieu.

— Le juste milieu ! Dans cette perspective, il consiste à choisir l'activité ou les activités, si tu préfères, dans des circonstances concrètes, qui vont approcher le plus les âmes du Christ eucharistique. Choix qui n'est pas toujours aisé. Choix qui n'implique pas nécessairement l'option d'une activité meilleure en elle-même.

— Là, je ne vous suis plus.

— Voici un exemple pour être clair. Prêcher constitue une fonction importante ; cela ne dispense cependant pas le prêtre de consacrer du temps et de l'argent à l'acquisition d'un bon système d'amplification. Ceci est un cas facile. La prière, la réflexion, l'expérience personnelle et celle d'autrui nous aident peu à peu à trouver le juste milieu, c'est-à-dire le meilleur choix possible dans les circonstances.

— Si une personne se trompe volontairement ou non, qu'advient-il alors ?

— La réponse est simple. Il n'amène pas les âmes au Christ comme il le devrait et tôt ou tard Dieu le lui fait découvrir.

— Je vais essayer de vivre ce principe, Monsieur le Curé.

— C'est cela. Et laisse ton curé agir. Après tout, c'est lui qui a la responsabilité. S'il bâtit sur le sable, son œuvre finira par s'écrouler.

On entend un trottinement qui approche.

— Pardon, Monsieur le Curé, le dîner sera prêt dans cinq minutes. Monsieur l'abbé reste avec nous ?

— Oui, oui, il aura le reste de la journée pour se rendre chez lui.

Tout le temps du dîner, le bon curé tente, par tous les moyens, de détendre le jeune abbé. Il y réussit un peu. Ses traits se relâchent pour sourire par intervalles. Le repas terminé, ils sortent pour se promener en causant.

Après quelques minutes le curé demande :

— Veux-tu faire une petite sieste ?

— Chose curieuse à dire, je me sens trop fatigué pour dormir.

— Alors va chez vous et tâche d'oublier pour un moment.

CHAPITRE IV

Une catastrophe

À Bagamak, dès six heures, ce lundi soir, tout est en branle pour l'installation des kiosques autour de l'église. Alfred Beaumarché, le chapeau de paille renvoyé en arrière, le cigare au coin de la bouche, distribue ses avis. Louis et Jacqueline de leur côté veillent à ce que les kiosques aient les dimensions prévues afin que les affiches puissent s'y ajuster. Vers les neuf heures, des charpentes s'échelonnent déjà autour de l'église.

— Avez-vous tous vos kiosques, les jeunes? demande Alfred.

— Je pense bien, papa. Cela n'a pas pris de temps.

— Vous allez voir, monsieur Beaumarché, qu'une fois les affiches posées, les kiosques vont être beaux.

— Attends! Quand il y aura des belles filles

135

comme toi dedans là ça... Tiens, voilà le curé qui arrive.

De fait, Monsieur le Curé descend de sa longue automobile noire, qu'il vient de stationner le long du presbytère.

— Bonsoir Alfred ! Excuse-moi, j'ai dû faire une course en ville.

— C'est rien, Monsieur le Curé. Nous avons travaillé quand même.

— Je vois bien ça. Nous aurons un superbe bazar.

— Le plus gros qu'on n'ait jamais vu, ajoute Alfred en brandissant son cigare.

— Où placez-vous le bingo ?

— Dans le sous-sol. Là, ils ne seront dérangés ni par le vent ni par une averse.

— Excusez-moi. Bonsoir, Monsieur le Curé.

— Bonsoir, Jean. Comment ça va ?

— Les kiosques de la Ligue sont presque achevés. Je viens chercher quelque autre ouvrage.

— Tu arrives au bon moment. J'ai justement reçu le tapis cet après-midi. Vous allez le transporter à la sacristie. Louis et toi.

Louis et Jean emboîtent le pas du curé, qui les amène au sous-sol. Près de la porte d'entrée de gros rouleaux sont alignés le long du mur.

— Des grands garçons comme vous devraient être capables de transporter cela.

Louis et Jean se placent aux extrémités d'un rouleau et se penchent pour le saisir à bras-le-corps.

— Ouf! C'est plus pesant que cela en a l'air.

Les rouleaux montés à la sacristie, le curé veut satisfaire sa curiosité.

— Un de vous deux a-t-il un couteau?

— Débale-moi ce rouleau. J'ai hâte de voir le tapis.

Quelques coups de canif de Jean font sauter les cordes qui le ceinturaient.

— Aide-moi, Louis, à le rouler un peu pour enlever l'enveloppe.

Le curé surveille l'opération d'un œil avide. Petit à petit le tapis apparaît:

— Il est rouge vin.

— Déroulez-en un bout pour qu'on voie le dessin.

— Des feuilles de fougère! Il ressemble à celui que nous avons chez nous, mais il est beaucoup plus beau, s'empresse de dire Louis.

Jean palpe le tapis:

— Presque un pouce d'épais. On va marcher sur un coussin.

— Mes amis, vous avez là la meilleure qualité de tapis sur le marché. J'ai assez hâte de le voir dans le sanctuaire.

— Quand avez-vous l'intention de le faire poser?

— Pour dimanche prochain. Ce tapis est bon pour la vie de l'église.

— Avec un grand E? murmure Jean.

Perdu dans la contemplation du tapis, le curé n'entend pas la remarque.

— Ramassez les papiers et rangez les rouleaux le long du mur. Ça suffit pour le moment. Merci.

À l'extérieur, Alfred a commencé l'installation du circuit électrique pour l'illumination des comptoirs et des environs de l'église. Il a emprunté du conseil municipal le matériel servant à la décoration des rues au temps de Noël.

Les fils accrochés aux kiosques, chargés de lampes aux couleurs variées, forment un immense chapelet.

— Vous serez obligés de remplacer les ampoules au-dessus des comptoirs par de plus puissantes.

— Ah ! Monsieur le Curé ! Déjà revenu.

— J'en ai quelques-unes en réserve au presbytère, mais il en faut plus que cela.

— Louis ira en chercher au magasin. J'en ai une bonne quantité.

— Je l'ai laissé à la sacristie, il doit s'en venir.

En effet, Louis sort de l'église en compagnie de Jean. Vite son père lui donne la commission. Dix minutes après, Louis revient avec une caisse dans les bras.

— Distribues-en trois ou quatre à tous les kiosques. Tu devrais en avoir assez.

Ici et là, les hommes se mettent à changer les ampoules... Tout à coup, tout s'éteint.

— Voyons ce qui se passe, grogne Alfred.

Une porte du sous-sol s'entrouvre, un jeune homme s'y montre la tête :

— Un fusible vient de sauter.

138

Monsieur le Curé fait quelques pas dans sa direction avant de lui crier :

— Prends-en un dans la petite boîte en carton au-dessus du tableau de contrôle.

Deux minutes s'écoulent et la lumière revient. Le reste de la soirée se passe à toutes sortes de préparatifs. Monsieur le Curé et Alfred vont d'un kiosque à l'autre, donnant ici un mot d'encouragement, là un conseil. Vers onze heures, on décide d'ajourner.

Pendant que les lumières s'éteignent et que les hommes s'éloignent les uns après les autres, Monsieur le Curé s'attarde à contempler l'ossature blanche des kiosques qui se dressent dans la pénombre.

— Demain, les hommes vont terminer l'installation et mercredi, ce sera l'ouverture. Si le beau temps peut continuer... Heureusement que j'ai Alfred et aussi Louis et Jacqueline ! Sans leur concours, je ne sais pas ce que j'aurais fait. Je commence à vieillir, ma foi, je n'ai plus le même entrain... Bagamak déborde d'activités cet été. Le bazar, cette semaine. Les Castors commenceront ensuite leur souscription et probablement la construction de leur salle aussitôt après. Ça va prendre de l'argent... Et à pas lents, Monsieur le Curé regagne le presbytère.

Pendant ce temps, le vicaire revient cahin ! caha ! vers Bagamak. La vieille auto a bien du cœur, mais plus de bons yeux. Les phares éclairent à peine.

— Je rentre plus tard que je m'y attendais. Je me demande s'ils ont monté tous les kiosques. Jean a dû travailler à contre-cœur, et la belle Jacqueline, faire de l'œil à Louis toute la soirée. Elle est en train de se l'attacher solidement... De toute façon, je vais suivre l'avis du curé Vaillant et ne pas me mêler de cela puisque mon curé me le défend... Le curé Vaillant m'a dit de belles choses ce matin. Il m'en avait déjà parlé mais je n'étais pas disposé à les comprendre comme aujourd'hui. « Tout centrer sur la messe. Voir en elle la source de la grâce et l'accomplissement de l'humanité qui, unie au Christ, par Lui, avec Lui et en Lui, rend à Dieu tout honneur et toute gloire. » Il faudrait que je médite cela quelques matins.

La route est presque déserte. Une automobile vient à la rencontre à toutes les quinze minutes. L'abbé hume le parfum tantôt sucré d'un champ de foin tantôt amer d'un taillis de conifères. La nature sommeille, enveloppée dans la nuit qui en atténue tous les contours et dont les phares de la vieille automobile semblent se faire les complices.

— Si je disais mon chapelet...

Après la récitation, le vicaire synthonise la radio. Peine perdue. L'appareil ne fait que vrombir.

Les yeux braqués à la limite de la portée des phares, l'abbé tente d'oublier. Les milles passent. Enfin apparaît au loin une petite constellation chue sur terre, les feux de Bagamak.

— J'arrive. Encore cinq minutes. Qu'y a-t-il là-bas ? On dirait une lueur, des flammes ?... Est-ce le théâtre ? non... Ce n'est pas là... Où est la croix rouge ?... Je ne la vois pas... Les flammes... mais c'est le clocher qui est en feu. Vite !

À mesure qu'il approche de Bagamak, le fait devient de plus en plus évident. Le clocher se transforme en torche. En s'engageant dans la rue Principale, le vicaire voit un attroupement qui bloque le passage.

— Je vais être obligé de stationner ici. Minuit trente ! Les gens vont bien se demander d'où je viens.

— Excusez, excusez...

Et l'abbé se fraie un passage au milieu des curieux. Tout l'intérieur de l'église est la proie des flammes, qui jaillissent en ronronnant par les ouvertures et viennent lécher le bord du toit. Chaque fenêtre a sa guirlande de feu, au milieu d'un tourbillon de fumée noire et âcre, vers laquelle les pompiers dirigent leurs jets d'eau. Des fragments de vitre dégringolent avec fracas. Un homme en imperméable s'approche du vicaire. L'abbé reconnaît M. Labelle, le chef des pompiers.

— Vous arrivez à temps, monsieur l'abbé. Il faut vider le presbytère. On a averti le curé. Il s'en vient.

— Vous ne pouvez pas arroser, l'empêcher de prendre feu ?

— On a pu installer seulement trois lances. La pression de l'eau n'est pas assez forte. Quand le toit va s'écrouler, les étincelles vont pleuvoir certainement sur le presbytère, et le vent... Il vaut mieux ne pas attendre.

— Très bien. Et l'église ?

— Il n'y a pas eu moyen d'entrer. Le feu courait partout. Suivez-moi.

Chemin faisant, le chef appelle quelques pompiers pour travailler au déménagement. Monsieur le Curé arrive par derrière, le front ruisselant de sueur et picoté de grains de suie.

Depuis près d'une heure qu'il erre alentour de l'église, ne sachant où donner de la tête. Il s'apprêtait à se coucher vers minuit moins quart lorsqu'il vit une lueur dans les fenêtres du sanctuaire de l'église. Vite, il avait téléphoné au poste des pompiers. Puis ce furent les longues minutes d'attente où seul, impuissant, il voyait la lueur s'étendre à toutes les fenêtres de l'église, tandis que la sirène hurlait au-dessus des toits de Bagamak.

Lorsqu'un presbytère est menacé par le feu, les registres sont le premier objet à sauver. Et voilà ce que le curé dit au vicaire en le voyant.

Pendant que les hommes empilent des brassées de vêtements et des meubles le long du trottoir, le vicaire court porter les registres chez Beaumarché de l'autre côté de la rue. Un craquement, suivi d'un tintement, fait frémir tous les assistants. Quelques secondes d'attente et la cloche s'effondre dans la tour. Les arcades du beffroi, plus que tisons, geignent sous le poids de la flèche qui s'incline vers le perron.

Les pompiers obligent la foule à reculer davantage. La flèche bascule bientôt vers le sol. Des brandons volent de tous les côtés. À l'intérieur de l'église, le feu fait rage. Il siffle et gronde comme un haut fourneau. La chaleur intense rayonne jusqu'au presbytère, où les vitres éclatent les unes après les autres. On n'approche plus du brasier, tellement la chaleur est insupportable.

Ici et là, les spectateurs murmurent :

— Le toit est à la veille de crouler... Ils vont avoir de la misère à sauver le presbytère avec ce vent. On avait une si belle église.

Dans le presbytère, la chaleur devient suffocante. Monsieur le Curé jette un dernier coup d'œil dans les pièces pour voir si les choses plus importantes ont été mises à l'abri, puis, il décide d'abandonner, à son sort, sa maison...

Vers deux heures trente du matin, le toit de l'église s'effondre en entraînant une partie des murs. Sous l'avalanche de braises qui s'abat de tous côtés, les pompiers doivent reculer davantage. Le presbytère flambe maintenant.

Des paroissiens contemplent jusqu'au matin le sinistre. Heureusement, les maisons environnantes, assez éloignées, ne sont pas endommagées. Monsieur le Curé tient bon jusqu'à quatre heures, alors que l'issue du sinistre ne fait plus aucun doute. Il est près de six heures quand le vicaire vient le rejoindre à l'hôtel Impérial où il s'est retiré.

Peu avant midi, on frappe à la porte du curé :

— Oui... Entrez.

Le curé, tout habillé, se redresse sur son lit.

— Excusez-moi. Est-ce que vous allez dîner ? dit la femme de chambre.

— Quelle heure est-il ?

— Près de midi.

— Je vais me lever. Merci.

La porte se referme. Jambes pendantes sur le bord du lit, Monsieur le Curé se frotte énergiquement le visage dans un effort pour se réveiller. Puis il s'agenouille quelques instants. Il se relève, regarde alentour pour voir apparaître tout à coup un autre lui-même dans un miroir. C'est un autre, en effet, que cet homme aux joues flasques et barbues, à la chemise blanche froissée et tachée.

— Me faire la barbe. Avec quoi? Je ne sais même plus si j'ai un rasoir.

Une demi-heure plus tard, il arrive dans le hall où il rencontre le propriétaire de l'hôtel, M. Lebeau.

— Bonjour, Monsieur le Curé, vous n'êtes pas trop fatigué?

— J'ai vu l'heure de m'endormir.

— Vous avez passé une nuit mouvementée.

— À propos, je n'ai pu me raser. Je ne sais plus où sont mes effets personnels.

— Ce n'est rien. Je vais vous prêter un rasoir. Monsieur le vicaire est allé voir où les hommes ont porté le bagage.

— Une chance que le vent n'était pas violent et que les maisons avoisinantes n'ont pas été touchées.

— Je le crois, Monsieur le Curé! Ça flambait. Je n'avais jamais vu un incendie aussi spectaculaire.

— C'est étonnant comme le feu se répand vite... Tiens, voilà le vicaire.

— Bonjour, Monsieur le Curé.

— Bonjour. Qu'est-ce que cela a l'air?

— Ça fume encore. Quelques pompiers demeurent

sur les lieux pour empêcher les enfants de s'approcher.

— Le presbytère ?

— À part les murs, il ne reste pas grand-chose. L'église est presque tout effondrée. La cheminée retient le mur arrière du chœur.

— J'irai après le dîner. Sais-tu où notre bagage est rendu ?

— Il y en a chez Beaumarché et dans une couple de magasins en face de l'église.

— Cet après-midi, si tu n'es pas trop fatigué, tu « rapailleras » nos affaires et les apporteras ici. Nous nous y installerons pour quelque temps.

Fier d'avoir une telle clientèle, M. Lebeau s'empresse de dire :

— Vous êtes chez vous, ici. Nous vous installerons en première classe.

Après le repas, Monsieur le Curé se rend sur la scène du sinistre. Sous un ciel bleu, un amas de poutres et de lambris calcinés, triste spectacle. Il promène son regard sur les décombres essayant de reconnaître quelque objet familier. Tout est ruine. Son cœur se serre ; ses yeux se mouillent. Avant que l'émotion ne le gagne davantage, Monsieur le Curé s'éloigne et revient à l'hôtel où il monte directement à sa chambre.

Au milieu de l'après-midi, le vicaire se rend chez Beaumarché chercher le bagage. Alfred demande aussitôt à Louis de donner un coup de main à l'abbé et d'utiliser la camionnette. Pendant qu'ils effectuent le chargement, une automobile stationne en face de l'église.

— Excuse-moi, Louis. Un prêtre vient d'arrêter de l'autre côté.

— D'accord.

L'abbé s'approche et reconnaît le procureur diocésain.

— Bonjour, monsieur le chanoine.

— Bonjour, vous devez être fatigué après la nuit dernière?

— Un peu. Vous venez constater les dégâts.

— C'est l'ouvrage d'un procureur, que veux-tu. Les constater et tâcher de ne pas trop en faire soi-même.

Le chanoine descend de son automobile.

— Je vais regarder cela de plus près.

— Il ne reste pas grand-chose.

— Connaissez-vous la cause de l'incendie?

— Aucunement. Je suis allé chez moi hier. Quand je suis revenu, tout était en flammes.

— C'est une perte totale. Où puis-je voir Monsieur le Curé dans le moment?

— À l'hôtel, là-bas.

— Vous êtes en train de ramasser vos effets?

— Oui. C'est pas mal mêlé.

— Si tu trouves des polices d'assurances ou des plans de construction, apporte-les-moi.

— Entendu.

Le procureur diocésain trouve le curé, le visage congestionné.

— Bonjour, Monsieur le Curé. Je comprends qu'après une nuit pareille vous soyez épuisé.

— Ça va un peu mieux maintenant. J'avais une terrible migraine, ce matin.

— Je ne resterai pas longtemps. Je suis venu constater les dommages et vous dire que j'ai averti les compagnies d'assurances. Les ajusteurs seront ici dans deux jours.

— Vous avez tous les documents à l'évêché.

— Oui. Ramassez quand même les polices et les plans que vous pouvez avoir. Ils peuvent servir pour prouver la valeur des dommages lorsqu'il y a discussion.

— Je vais demander au vicaire de ramasser cela.

— Vous demeurez ici?

— Il faut bien. Nous n'avons pas d'autre endroit.

— Et dimanche.

— À part de nos salles d'école, je ne vois pas d'autres locaux pour célébrer la messe.

— Reposez-vous; jeudi, je reviendrai avec les ajusteurs.

— C'est ça. Merci.

Monsieur le Curé demeure couché tout l'après-midi. Quelques curés voisins viennent jeter un coup d'œil sur les lieux. Pendant ce temps le vicaire rapaille son avoir et celui du curé. Au souper, le curé ne mange pas beaucoup, son visage « regarde mieux », cependant.

— Le procureur est passé cet après-midi?

— Oui.

— Avait-il des nouvelles?

— Pas grand-chose. Il reviendra jeudi avec les ajusteurs.

147

— J'ai apporté tous les registres et les documents que j'avais déposés chez Beaumarché la nuit dernière.

— Merci. Maintenant, tu vas demander au propriétaire de l'hôtel un endroit pour mettre à l'abri ce que nous ne pourrons pas garder dans nos chambres.

— Et après cela, j'arrête. Je n'ai pas encore commencé mon bréviaire.

Le lendemain, Monsieur le Curé se lève très tard. C'est à peine s'il échange quelques mots au dîner. Après le repas, il retourne sur les lieux de l'incendie et revient mettre de l'ordre dans ses effets. De son côté, le vicaire se rend poster une lettre à ses parents décrivant le sinistre et rentre à l'hôtel pour ranger, lui aussi, ses effets, le reste de l'après-midi. Le temps s'assombrit peu à peu. Au souper, il pleut.

— Allons-nous célébrer la messe demain matin, Monsieur le Curé ?

— Oui. Il faudrait bien recommencer. Comme il n'y a pas de place ici, tu ferais mieux de commencer l'installation à l'école Maria-Goretti. Ce sera autant de fait pour dimanche.

— Il nous manque presque tout.

— C'est vrai. Prends l'auto et va à Jélico emprunter le nécessaire.

Jeudi matin, le procureur diocésain et les deux représentants des compagnies d'assurances arrivent à l'hôtel. En quelques minutes, une chambre est transformée en bureau, où s'accumulent bientôt les plans de l'église, les factures des réparations, des nouveaux achats, des améliorations apportées, enfin tout ce qui pourrait contribuer à donner une idée exacte de la valeur de l'église au moment de l'incendie. On prépare ensuite la convocation des principales personnes qui ont travaillé à l'église le soir du sinistre.

Au souper, les deux agents tirent la conclusion que l'incendie à été causé par un circuit électrique surchargé. Un fusible a brûlé après l'installation des circuits supplémentaires pour les kiosques. Le jeune Raymond Bellerose l'a remplacé par un autre pris au hasard. La capacité de ce fusible devait être trop considérable pour le circuit. Des fils ont surchauffé à l'intérieur des murs.

Conclusion qui assomme littéralement le curé. Tout le temps du repas, il essaie de cacher derrière un visage terne l'orage terrible qui gronde en lui. Sitôt levé de table, il se retire dans sa chambre sous prétexte de réciter son bréviaire.

— Non, mais c'est-y bête un peu. J'ai été la cause de l'incendie. J'ai dit au jeune Bellerose de prendre un fusible dans la boîte. J'aurais bien dû le remplacer moi-même ce fusible. C'est incroyable : le travail de tant d'années réduit en cendres à cause d'une erreur aussi simple. Ah ! ce bazar, j'en voulais trop la réussite. Mettons-en de l'éclairage ! Voilà ce qui arrive.

Durant quelques minutes, Monsieur le Curé laisse sa colère contre lui-même déborder à plein bord ; puis, soulagé, il commence la récitation de son bréviaire qu'il n'a pu faire de la journée. Récitation pénible que des sursauts d'émotion viennent entrecouper.

149

Ce même soir, comme dimanche approche à grands pas et que la chapelle temporaire à l'école Maria-Goretti n'est pas encore complètement installée, l'abbé décide de se rendre chez les Durocher demander les services de Jean. N'est-ce pas aussi une bonne occasion pour reprendre contact avec ce jeune homme qu'il n'a pas vu depuis quelque temps ?

Assis dans un fauteuil du salon, la jambe blessée posée sur un tabouret, M. Durocher lit un journal pendant que la maman s'affaire dans la cuisine ; les enfants entrent et sortent de la maison à tout moment.

— Bonsoir, M. Durocher. Comment vous portez-vous ?

— Bonsoir, monsieur l'abbé. Venez donc vous asseoir !

— Votre jambe ne vous fait pas trop souffrir, j'espère ?

— Oh ! non ! Je ne sens presque plus de douleur. Et vous, monsieur l'abbé ?

— Je suis revenu de mes émotions ; mais je vous assure que nos effets personnels sont loin d'être remis en place. Ce matin encore, j'ai dû fouiller pour me trouver une chemise propre.

— Vous demeurez à l'hôtel, m'a dit Jean.

— C'était le seul endroit propice. Comment Jean se porte-t-il ?

— Il a l'air morose.

— Pourquoi ?

— Il m'a laissé entrevoir qu'il n'irait peut-être pas au séminaire.

— Jean vous en a parlé ?

150

— Oui... Sans vouloir entrer dans vos secrets, je voudrais en savoir davantage.

— Jean a cherché de l'aide pour Robert sans succès et il songe à travailler. Il est attristé de voir son frère dans l'impossibilité de commencer son cours classique.

— J'ai beau lui répéter que la chose s'arrangerait, rien à faire.

— Cher Jean, il commence à trouver la vie dure.

— Il n'a pas fini... Il ne devrait pas rentrer tard. Restez pour l'attendre. Franchement, il m'inquiète et j'aimerais que vous soyez là pour que nous nous comprenions.

— Je ne suis pas pressé. Y a-t-il des bons programmes ce soir à la télévision ?

— Où est l'horaire ?...

— À propos de Robert, j'ai une idée. Vous n'avez pas d'objection à ce que j'écrive à l'évêché pour demander une bourse plus considérable pour Robert ? En leur donnant un résumé des circonstances spéciales, votre accident et l'incendie, je devrais décrocher quelque chose.

— Si vous pensez que...

— Je vais écrire d'ici quelques jours.

L'abbé et M. Durocher regardent patiemment les programmes tout en échangeant les nouvelles locales.

— Avez-vous entendu parler de la souscription des Castors M. Durocher ?

— J'ai causé hier avec un de leurs directeurs. Il m'a dit que leur souscription commencerait sous peu.

— Ils ne craignent pas que la paroisse en fasse une ?

— Ça n'a pas l'air. L'église doit être bien assurée, m'a-t-il dit.

— Est-ce un Canadien français ?

— Oui. Un contremaître à la mine.

— Les Castors trouvent Bagamak un peu trop tranquille. Avec une salle, ils pourront organiser des soirées de danse, vendre des liqueurs alcooliques.

— Vous avez raison. La salle ne servira pas seulement à leurs réunions d'affaires.

— Quand on pense que la moitié de la paroisse appartient à ce club neutre, c'est triste.

On entend un grincement de freins et le claquement d'une portière. C'est Jean qui arrive.

— Bonsoir, l'abbé. Je ne m'attendais pas de vous voir ici.

— Bonsoir, Jean. Comment ça va ?

— Comme ci, comme ça. Et vous ?

— Assez bien. Toi, il paraît que tu as l'air triste.

— Peut-être.

— Voyons, voyons.

— Vous savez pourquoi, monsieur l'abbé. Mais j'ajouterai que j'ai toujours la satisfaction de voir que le bon Dieu n'a pas béni le bazar du curé. Tout a passé au feu, le tapis aussi.

Le papa sursaute :

— Jean, je ne t'ai jamais entendu parler de cette façon. Qu'est-ce qui te prend ?

— Il me prend que je commençais à en avoir assez de plusieurs choses.

152

Pour ne pas aviver le feu et pour sortir en même temps monsieur Durocher de la gêne, l'abbé passe au but de sa visite :

— Voici, Jean, j'étais venu te demander un service. M'aiderais-tu à préparer la salle de l'école Maria-Goretti pour dimanche ?

— Pour vous, je vais le faire.

— Merci beaucoup, Jean ! Rends-toi vers sept heures demain soir à l'école. Je vous dis bonsoir maintenant...

Vendredi s'écoule en compagnie des représentants des compagnies d'assurances, qui vérifient tout dans les menus détails. C'est avec plaisir que Monsieur le Curé les voit partir vendredi soir. Cette occupation a eu cependant le bon effet de l'empêcher de penser constamment à son erreur.

Le samedi possède un caractère spécial dans la vie sacerdotale : c'est la journée préparatoire au dimanche. Au déjeuner, Monsieur le Curé demande à son vicaire si la salle de l'école sera prête pour le lendemain.

— Certainement, Monsieur le Curé. Hier soir, Jean Durocher est venu m'aider à la préparer.

— Tant mieux. Je vais pouvoir me reposer un peu et préparer mon sermon et mes annonces. Si je suis abattu, les paroissiens doivent l'être tout autant. Il faut que je leur remonte le moral.

Durant tout l'avant-midi, il essaie par intervalles de composer un magnifique sermon où il parlerait de la Providence, de l'espérance, etc., où enfin il désamorcerait à mots voilés la campagne des Castors sur le point de commencer. Peine perdue. La fatigue l'écrase. L'atmosphère n'y est pas. Chaque objet dans cette chambre d'hôtel lui rappelle qu'il est un homme dépouillé par le feu. Plus rien ne lui appartient, pas même cette machine à écrire sur laquelle ses doigts grassouillets tapotent.

— Dire à la population d'accepter l'épreuve comme je le fais moi-même, n'est-ce pas le principal? Et leur rappeler que nous devrons bientôt construire constitue le deuxième point sur lequel je dois insister. Ces deux idées énoncées, le curé abandonne la rédaction de son sermon pour se reposer et se délivrer d'un mal de tête qui le tenaille depuis l'incendie. Haute pression, sans doute, se dit-il.

CHAPITRE V

En contemplant les ruines

Quand il se lève, le dimanche matin, il pleut. L'air humide rend moite tout ce que l'on touche. La chemise, enlevée la veille au soir, n'a pas séché. Fourbu, le curé peine à se remettre en train. Le vicaire, de son côté, n'en mène pas plus large. Enfin, ils partent ensemble en direction de l'école, où déjà les automobiles s'alignent des deux côtés de la rue.

L'atmosphère de la salle s'appesantit au fur et à mesure que les gens entrent. Le curé a le front perlé de sueur quand il se met à prêcher à la première messe.

— Mes bien chers paroissiens, vous réalisez l'importance de la perte subie. L'incendie, dont vous avez été les témoins horrifiés, a ravi notre église et notre presbytère, deux édifices qui faisaient l'envie de toutes les paroisses de la région. Notre église, surtout, m'était chère après toutes les améliorations

157

que j'y avais apportées et d'autres que je me proposais d'y faire encore. Tout a été détruit, même le tapis que nous avions acheté pour le sanctuaire. Nous l'avions reçu durant l'après-midi. Mes bien chers paroissiens, nous devons nous résigner à cette perte considérable. Dieu l'a permis. Cette semaine, j'ai reçu la visite du procureur diocésain et de deux représentants des compagnies d'assurances. Les compagnies doivent nous envoyer le règlement de comptes d'ici quelques jours, soit 75% de la valeur réelle. Hélas! lorsqu'il s'agit de reconstruire, il en coûte toujours plus cher. Je me vois donc dans l'obligation de vous annoncer dès aujourd'hui qu'un comité de reconstruction sera organisé d'ici quelque temps. Nous n'avons pas de temps à perdre si nous voulons commencer à bâtir avant l'hiver.

Je remercie la commission scolaire qui met cette salle à notre disposition mais vous constatez qu'elle est trop exiguë et inconfortable pour songer à s'y installer longtemps. Je compte donc que vous répondrez généreusement à notre appel.

Aux deux messes suivantes, le curé répète la même chose. Il doit couper à la quatrième messe, tellement il est oppressé. De retour à l'hôtel, il monte à sa chambre en demandant qu'on aille lui porter un café.

Comme il ne l'a pas rencontré durant l'après-midi, le vicaire se décide à frapper à la porte de la chambre.

— Monsieur le Curé...

— Oui.

Le vicaire entrouvre la porte.

— Allez-vous venir souper?

Le curé, affalé sur le lit, la bouche ouverte, prend une autre respiration avant de répondre :

— Je ne me sens pas assez bien.

— Voulez-vous que je fasse venir le médecin ?

Le curé ferme les yeux quelques secondes avant de répondre :

— ... Ce serait peut-être mieux.

— Je vais l'appeler tout de suite.

L'abbé referme la porte et dégringole l'escalier jusqu'à l'entrée.

Il demande la communication.

— Est-ce que le docteur est là ?... Bonsoir docteur. Comment allez-vous ?... il ne faisait pas assez beau aujourd'hui pour vous rendre à votre chalet... Voici, je vous appelle pour Monsieur le Curé. Il n'est pas bien. Il n'a pas dîné et ne veut pas souper. Et il a de la difficulté à respirer. Pourriez-vous venir ?

Quelques minutes plus tard, le docteur se présente avec sa trousse en cuir noir à la main. Le vicaire le conduit à la chambre du curé. Quand il en sort, il dit au vicaire, resté dans le corridor :

— Il souffre d'une crise cardiaque. Ne lui en parlez pas. Je vais le faire transporter à l'hôpital aussitôt que possible.

— Est-ce que je puis faire quelque chose en attendant ?

— Non. Laissez-le reposer. L'ambulance sera ici dans une heure environ.

L'ambulance arrive après le souper. Les infirmiers sortent leur civière pendant que les rares passants s'arrêtent pour voir qui va y prendre place. Quelques minutes après, les infirmiers repartent.

Le vicaire reste à l'hôtel à la demande du curé.

Après le dîner, lundi, l'abbé se met en route pour l'hôpital.

— J'ai hâte de voir comment le curé se porte. Ils ont dû le placer sous une tente d'oxygène.

De fait, sur la porte de la chambre du curé, l'abbé voit la petite pancarte suivante : « Attention. Pas de cigarettes. » En plus, une autre : « Pas de visiteurs. » L'abbé va alors s'informer au bureau de l'étage.

— Bonjour ma sœur, je viens de voir l'affiche « Pas de visiteurs » Est-ce que...

— Vous pouvez entrer quand même. C'est pour éviter que trop de personnes viennent le visiter.

— Comment est-il ?

— Beaucoup mieux.

— Est-il en danger ?

— Oh ! Non ! Il a eu seulement une crise légère. Dans quelques jours il sera remis.

— Merci, ma sœur. Au revoir.

L'abbé revient à la chambre et frappe à la porte. Le curé ne dort pas.

— Bonjour Monsieur le Curé.

L'abbé s'approche. Derrière son abri de plastique, le curé agite la main.

— Bonjour. Rien de nouveau à Bagamak ?

— Tout va bien. Et vous ?

— Je respire mieux...

— Dans quelques jours vous serez en forme.

— Le docteur est censé venir cet après-midi.

Pendant quelques minutes, la conversation continue sur des sujets anodins.

Et le vicaire se retire sur un dernier bonjour.

Jusqu'à la visite de son jeune confrère, Monsieur le Curé s'est senti plutôt somnolent. Il a même dormi jusqu'à midi. C'est à peine s'il eut connaissance cette nuit que des gardes-malades venaient vérifier sa pression artérielle de temps en temps. Aussitôt arrivé à l'hôpital, on lui avait passé des vêtements de nuit, donné quelques injections et houp ! il était tombé endormi.

— Ah ! ces fameuses piqûres, elles vous transportent dans l'autre monde en un clin d'œil. C'est bon pourvu qu'on en revienne, murmure-t-il.

Vus de sa tente, les objets usuels possèdent un cachet nouveau. Le reflet du plastique que son regard traverse leur donne un aspect reluisant ici et là. Et enfermé dans cette prison transparente, on a l'impression de devenir un autre meuble bien rangé, immobile, qui orne la pièce.

— Merveilleuse invention tout de même que cette tente à oxygène. Je respire plus à l'aise qu'hier soir. Il fait frais ici. Et ce léger sifflement de la machine, qui règle le débit et la température de l'oxygène, tend à vous endormir de nouveau. Tiens ! On veut que je boive. On a posé deux verres : de l'eau et de l'orangeade.

Quelques minutes s'écoulent dans la contemplation de son domaine, assez longues pour que celui-ci perde toute sa nouveauté, assez longues pour éprouver avec inquiétude ce point au cœur qui ne le quitte pas.

— Thrombose coronaire? Angine? Ou une autre maladie avec un nom plus mystérieux encore? Le docteur, les gardes-malades n'ont rien dit. À n'en pas douter, c'est une première attaque. Ce ne sont plus les petits malaises que je ressentais parfois. Perte de mon église, perte de mon presbytère, et maintenant je suis en train de perdre ma santé. Je suis tassé dans le coin comme ce lit qui me porte... Mon Dieu, où voulez-vous en venir? Voulez-vous me punir? Pourtant, je n'ai commis aucun crime. Mystère! Il n'y a rien à comprendre parfois.

Un fragment d'Écriture lui revient en mémoire:

« Que ses décrets sont insondables et ses voies incompréhensibles. » (Rom. XI, 33.) Fragment qui l'amène à chercher son bréviaire. Il jette un coup d'œil sur la table de chevet, sur la commode, plus loin. Pas de bréviaire. Personne n'a pensé à le mettre dans mon bagage. Il faudra que je le demande au vicaire à sa prochaine visite. Mon chapelet? Il doit certainement être dans les poches de mon pantalon, mais je ne puis pas descendre du lit. Une infirmière ne devrait pas tarder à venir. En attendant, je peux prier quand même.

Et le curé commence la récitation de quelques prières coutumières: Notre Père, Je vous salue Marie, Actes de foi, etc.

Sur le chemin du retour, le vicaire constate qu'il n'a plus à se demander comment employer ses après-midi d'ici quelque temps. Le même programme : visite à l'hôpital.

Quand il revient le mardi, Monsieur le Curé a l'air soucieux. Depuis hier, une nouvelle inquiétude le tenaille.

— As-tu des nouvelles des Castors ? Quand commencent-ils leur campagne de souscription ?

— J'ai entendu dire, Monsieur le Curé, qu'ils étaient à la veille de le faire, mais je ne puis vous dire la date exacte.

— Informe-toi donc, à ton retour. Je préférerais qu'ils n'en fassent pas du tout, je te l'assure. Construire une église et un presbytère à l'épreuve du feu coûtera beaucoup plus cher que le montant que nous retirerons des compagnies d'assurances. Nous devrons organiser une souscription paroissiale. Or la population peut difficilement contribuer à deux campagnes.

— Je comprends votre inquiétude, Monsieur le Curé.

Cette marque de sympathie plaît au curé qui regarde son vicaire avec un léger sourire. Pourquoi ne pas en profiter pour une confidence ? se dit-il.

— Pense à moi dans tes prières parce que je suis pas mal découragé. Je ne comprends pas du tout où le bon Dieu veut en venir. En un clin d'œil, Dieu m'a tout ôté comme au saint homme Job. Je n'aurais jamais pensé que cela pouvait se produire si vite.

Gêné par cet aveu, le vicaire garde silence un moment.

— Soyez sans crainte, Monsieur le Curé, j'aurai une intention spéciale pour vous à la messe demain matin.

— Tu dis toujours la messe à l'école?

— Oui.

— Comment t'organises-tu à l'hôtel?

— Très bien. Je ne manque de rien.

— Fais pour le mieux.

— Avant de trop vous fatiguer, je m'en vais. Je m'informerai de la souscription des Castors, dès mon retour, et, si je peux glisser un mot pour les en dissuader, je le ferai.

— Merci beaucoup. Ah! J'allais l'oublier. À ta prochaine visite, apporte mon bréviaire. Je devrais être capable de le réciter d'ici une couple de jours.

Puis le curé se redresse, tâtonne un peu pour soulever le bord de la tente à oxygène et tend une main moite et molle à son vicaire.

L'abbé retourne à Bagamak en se demandant qui pourrait lui donner des informations exactes.

— Le propriétaire de l'hôtel devrait pouvoir me renseigner. Il cause avec tellement de personnes.

Revenu à l'hôtel, le vicaire saisit l'occasion avant le souper.

— Bonjour monsieur l'abbé. Comment va Monsieur le Curé?

— De mieux en mieux.

— J'en suis bien content.

— À propos, avez-vous entendu dire que les Castors lançaient leur campagne de souscription bientôt?

— Justement, j'ai servi, au dîner, le trésorier du club. Il m'a averti de tenir mon chèque à la main dès vendredi soir, soirée d'ouverture de la campagne.

— Il n'a pas été question d'une souscription paroissiale?

— Rien qu'un mot en passant. Il dit que les indemnités reçues des assurances devraient permettre à la paroisse de reconstruire.

— Mais la construction coûte beaucoup plus cher aujourd'hui!

— Vous savez, je n'ai pas discuté de la chose avec lui.

— Quand Monsieur le Curé saura la nouvelle!

— Vous seriez mieux d'en parler au médecin auparavant.

— Ce serait plus prudent.

— J'espère que vous ne tomberez pas malade à votre tour, monsieur l'abbé.

— Il n'y a pas de danger. Je suis jeune et robuste.

En arrivant à l'hôpital le mercredi après-midi, le vicaire se met à la recherche du médecin qui soigne le curé.

Avec la collaboration de la sœur en charge de l'étage et de la téléphoniste, le médecin est rejoint en quelques minutes et un rendez-vous fixé.

— Excusez-moi de vous déranger, docteur, mais j'ai un renseignement à vous demander.

— À votre service.

— Hier, j'ai appris que les Castors de Bagamak lancent une campagne de souscription vendredi soir prochain. Monsieur le Curé songe à en organiser une pour la construction d'une nouvelle église.

— Et vous ne savez que faire?

— Oui, docteur.

— Vous pouvez lui donner le renseignement. Il est assez rétabli pour supporter l'émotion; d'ailleurs, il n'a jamais été en grand danger. Et s'il ne l'apprend pas de vous, il le saura quand même d'une autre personne, ou par la voie du journal, de la radio.

— Comment se porte-t-il aujourd'hui?

— Assez bien.

— Croyez-vous qu'il puisse quitter l'hôpital bientôt?

— Dans une quinzaine de jours, je pense.

La nouvelle que les Castors déclenchent leur campagne de souscription dès le vendredi soir suivant fait sursauter le curé dans son lit. Son visage s'empourpre. Ses yeux étincellent d'impatience. Le vicaire craindrait pour la santé de son curé si la tente à oxygène n'avait pas été enlevée. Signe évident d'une amélioration de son état de santé.

— Ah! Ces Castors! Ils doivent savoir pourtant que j'aurai besoin d'argent bientôt pour reconstruire. Leur campagne commence vendredi soir prochain; moi qui espérais qu'ils attendraient au moins trois semaines ou un mois après le bazar.

— C'est vite, en effet, Monsieur le Curé.

— Trop vite pour moi. Comment aurais-je le temps d'intervenir, d'essayer de la retarder, d'organiser la nôtre?... Certains membres doivent vouloir se venger de ce que je tenais un bazar juste avant leur souscription. Maintenant, ils vont s'empresser de passer la leur avant la mienne...

Embarrassé, ne sachant pas quoi conseiller, le vicaire écoute en silence.

— Dis à Alfred Beaumarché de venir ce soir avec son comité du bingo. On va toujours bien voir si l'on peut faire quelque chose avant que les Castors n'amassent tout l'argent.

— Je transmettrai le message dès mon retour.

Apaisé, le curé relance la conversation sur des sujets divers. Il s'informe de Bagamak, du courrier reçu et demande au vicaire de lui apporter un livre pour se distraire. Que peut-il demander de plus à son vicaire? Rien. Il est trop jeune dans la paroisse, se dit-il pour exercer quelque influence.

Avant de laisser partir le vicaire, il lui demande un dernier service: tourner la manivelle et ramener la tête de son lit à la position horizontale. Il espère dormir un petit somme avant le souper. Mais les émotions violentes de tantôt l'ont surexcité et le sommeil tarde à venir. Bagamak, souscription, Castors, autant de mots qui viennent harceler son imagination, la piquer au vif comme des moustiques abusent d'un animal attaché. Confiné dans cette chambre, comment se défendre? Durant quelques minutes, il songe aux atouts qu'il pourrait jouer. Son prestige et son influence sont grands dans la paroisse. Il compte de nombreux amis. Par contre, plusieurs personnes influentes sont d'une autre foi.

Impossible de dormir, murmure-t-il, au bout de quelques minutes en branlant la tête sur son oreiller. Aussi bien prier la sainte Vierge de venir à mon secours, et le curé tend la main pour saisir son chapelet sur la table de chevet.

Comme il stationne l'automobile en face du magasin, le vicaire jette un coup d'œil par la vitrine pour voir si Alfred est là. M. Beaumarché, qui a reconnu la voiture du curé, regarde de son côté. Le vicaire lui fait signe de venir. Alfred sort du magasin et s'approche de l'auto.

— Bonjour, monsieur Beaumarché. Je reviens de l'hôpital.

— Comment va Monsieur le Curé ?

— De mieux en mieux. On a enlevé la tente d'oxygène.

— Espère-t-il sortir sous peu ?

— Dans quelques jours ; d'ici là il veut vous rencontrer avec votre comité du bingo.

— Quand ?

— Ce soir.

— Je ne sais pas si je pourrai rejoindre tous les membres. Vous a-t-il dit à quel sujet ?

— La nouvelle que les Castors commencent leur campagne l'a « démonté ».

— Je le comprends, dimanche dernier, il m'a dit qu'il songeait à organiser une souscription paroissiale bientôt. Vous pourrez lui dire, s'il téléphone, que j'essaierai d'emmener tout mon « comité ».

— Merci. Au revoir...

Alfred Beaumarché et son comité se rendent à l'hôpital durant la soirée. Ils trouvent le curé nerveux au point qu'il rend la conversation difficile. Assis dans son lit, les deux mains en l'air, le curé répète à tout moment :

— Qu'est-ce qu'on va faire ?... On doit reconstruire.

Alfred a beau lui dire :

— Ne vous énervez pas. Vous avez toujours bien le montant des assurances.

Le curé explique :

— Ce n'est pas assez. Je ne suis pas pour construire une cabane. Au prix de la construction d'aujourd'hui, il faut deux fois le montant des assurances.

— Nous ne pouvons pas nous endetter outre mesure, Monsieur le Curé ; dans une ville minière, on ne sait jamais combien de temps va durer la prospérité.

— Je le sais. Je le sais. Voilà pourquoi j'ai recours à vous. Il n'est pas question de répartition. La population de notre région ne veut pas en entendre parler. Je songeais à une souscription paroissiale, mais les Castors lancent la leur vendredi soir prochain. Vous comprenez le problème ?

Un silence de mort plane dans la pièce. Alfred secoue la cendre de son cigare dans un cendrier tandis que les quatre autres hommes se regardent à tour de rôle. Quatre braves types, excellents à placer les tables, à vendre les cartes du bingo et bien dociles à suivre les volontés d'Alfred Beaumarché.

— Parlez pas tous ensemble, s'exclame le curé impatienté.

— Ce n'est pas facile. Je vais vous la donner la solution. Que les Castors retardent leur souscription. Après tout, la paroisse doit passer avant.

— ...

— Si je me souviens bien, tu es un membre des Castors, Alfred?

— Oui, et ici vous en avez une couple d'autres.

— Appelez une réunion et faites ajourner le projet.

— Nous ne sommes pas du conseil, Monsieur le Curé.

— Ça ne fait rien. Marchez.

— Si vous insistez, nous allons essayer.

— Vous n'avez pas de temps à perdre. Vous m'en donnerez des nouvelles.

Le comité du bingo se retire, laissant le curé à son inquiétude qui le tourmente une partie de la nuit, jusqu'à ce que les sédatifs finissent par l'entraîner dans l'inconscience.

Jeudi après-midi, le vicaire s'aperçoit dès son entrée dans la chambre, de l'air anxieux du curé, assis aujourd'hui dans un fauteuil, les yeux vitreux. Visite opportune parce qu'elle donne au curé l'occasion de se décharger le cœur. La visite du comité du bingo ne l'a pas rassuré. Alfred et ses compagnons doivent essayer de convoquer une réunion spéciale des Castors aujourd'hui en vue de retarder leur souscription. À en juger par leur peu d'enthousiasme, il ne faut pas espérer grand-chose. Durant quelques minutes, Monsieur le Curé continue l'exposé de la situation à laquelle il mêle des reproches à son égard : « Si j'avais installé des gicleurs automatiques... Si j'avais assuré mon église à un pourcentage plus élevé, etc. » L'abbé écoute, pensif, conscient de son impuissance à régler le problème.

D'un œil attendri, le curé regarde son vicaire, grand, jeune, mince, les cheveux en brosse, les joues un peu pâlies par la fatigue des derniers jours. Quel contraste avec lui-même, bedonnant, les cheveux gris, le cœur usé! Quarante années les séparent. Quarante années aux prises avec les problèmes les plus divers qui viennent marquer l'âme d'une empreinte plus profonde que les rides du visage. Si jeunesse savait... Un jour, elle saura mais...

Avant de le laisser partir, le curé recommande à son vicaire de se tenir au courant des activités des Castors et de rappeler à Alfred Beaumarché de lui téléphoner.

Ce n'est que tard dans la soirée, jeudi soir, qu'Alfred téléphone au curé le résultat de ses démarches. L'exécutif des Castors n'a pas voulu convoquer de réunion spéciale alléguant que les préparatifs étaient trop avancés pour arrêter la souscription. Peut-être feront-ils un don à l'église après la campagne, si elle réussit.

Le curé raccroche, désappointé.

— Je m'en doutais. Pour effectuer un tel revirement, il aurait fallu que l'exécutif soit composé

171

d'excellents catholiques. Or, les uns sont d'une autre foi ; les autres, pour la plupart, des catholiques plus ou moins pratiquants. Je les vois d'ici. Ils ont dû excuser leur attitude devant les autres en disant que nous avions de bonnes assurances. Et Alfred, a-t-il réellement insisté pour qu'ils convoquent une réunion ? Dans le commerce, on a toujours peur de se créer des ennemis. Quant à ses compagnons du comité du bingo et membres des Castors aussi, ce sont des « suiveux » à n'en pas douter. Ah ! Seigneur, qu'est-ce qu'on va faire ? Éclairez-nous !

Vendredi matin, le soleil se lève sur une autre nuit de cauchemars que les somnifères ont à peine réussi à atténuer. Monsieur le Curé essaie, pour se distraire, le petit appareil de radio qu'une infirmière lui a apporté la veille au soir.

Un « hit parade » est sur les ondes. L'heure se termine. On annonce un bulletin de nouvelles. Monsieur le Curé écoute le récit des derniers événements dans le monde, au pays et dans la région. Soudain, le curé dresse la tête. L'annonceur vient de prononcer le mot Bagamak. Tout oreilles, le curé attend la suite : « Ce soir, grande ouverture de la campagne de souscription des Castors en vue de la construction d'une salle de loisirs. On espère que la population de Bagamak répondra généreusement à l'appel. »

— Ça y est ! Ils commencent. Ils ne manqueront pas de publicité sans doute.

Et le curé ferme l'appareil brusquement.

Que faire à l'hôpital sinon s'embêter de plus en plus à mesure qu'on va de mieux en mieux ! Lors-

172

qu'on est cloué au lit entre la vie et la mort, le temps passe assez rapidement. Mais le jour où vous recouvrez des forces suffisantes pour vous lever et rôder alentour, là, les heures deviennent longues. C'est le cas de Monsieur le Curé qui ne sait plus comment employer le temps si ce n'est de penser à Bagamak, ce que le docteur lui défend.

La célébration de la messe lui est interdite. Le bréviaire récité, et quelques chapelets en plus, il ne peut pas lire, écouter la radio ou dormir toute la journée. Il doit nécessairement s'ennuyer. Seules viennent rompre cette monotonie les infirmières qui apportent à toutes les deux heures des comprimés aux couleurs et formes différentes, comprimés qui glissent dans la gorge comme des petits cailloux. Dans ce climat, la visite quotidienne du vicaire prend un sens particulier. Elle constitue le lien vital qui le rattache à son milieu. Sans trop s'en rendre compte, le curé y apprend à estimer davantage son jeune confrère. Aujourd'hui, ils discutent de quelques problèmes dominicaux : prêtre remplaçant, annonces, etc. Au sujet du prêtre remplaçant, le curé prévient le vicaire de le réserver pour le dimanche suivant, parce qu'il ne s'attend pas de quitter l'hôpital durant la semaine prochaine. Son sommeil est trop agité. Et il lui recommande de nouveau de le tenir au courant de la campagne de souscription des Castors.

C'est avec un sourire de fierté au coin des lèvres que le vicaire retourne à Bagamak, avec raison d'ailleurs, car Monsieur le Curé semble maintenant en faire son homme de confiance.

Après le souper, l'abbé demeure quelque temps dans la salle d'attente de l'hôtel à regarder la télévision. Près de lui, deux hommes bien vêtus, des voyageurs de commerce sans doute, lisent le journal. À l'entrée, un groupe de bûcherons, en habits de travail, discutent à voix haute. Un relent de bière imprègne la fumée qui plane dans la pièce. Le cafard s'empare peu à peu de l'abbé lorsqu'il voit entrer le président de la commission scolaire, monsieur Lamarche, qui s'approche de monsieur Lebeau, le propriétaire de l'hôtel, assis au bureau de réception. Sans aucun effort, l'abbé peut suivre la conversation qui s'engage. Monsieur Lamarche travaille à la souscription des Castors et doit solliciter les commerçants. À l'entendre parler avec éclat, on s'aperçoit qu'il veut se donner de la publicité auprès des personnes présentes ou même obliger monsieur Lebeau à se montrer libéral. Celui-ci, en effet, sort un carnet de chèques, en signe un et le tend à monsieur Lamarche qui jette un coup d'œil sur le montant et s'exclame avec admiration. Le vicaire conclut aisément que le montant doit être considérable.

Au cours de sa visite à l'hôpital, le samedi après-midi, le vicaire raconte au curé l'incident de la veille. La réaction est plus vive qu'il ne s'attendait.

— On va toujours bien voir si cela va se passer de même. À la radio, à tout moment, on passe des annonces éclair en faveur de la souscription des Castors ; dans le journal régional, d'autres annonces. Si je les laisse faire, ils vont ramasser tout l'argent et je devrai me contenter des miettes. Non ! ça n'a pas de bon sens. Je suis le curé et je vais rappeler à la population son premier devoir : penser à reconstruire l'église d'abord. Voici ce que tu vas dire demain au prône.

— Un instant, Monsieur le Curé.

Le vicaire sort son stylo et arrache une feuille d'un bloc-notes laissé sur la commode.

— Je suis prêt.

— Monsieur le Curé me prie de vous communiquer le message suivant. Dans quelque temps, nous lancerons une grande souscription en vue de la construction d'une nouvelle église aussi belle que celle détruite par l'incendie. Le malheur nous a frappés. Il ne faut pas nous décourager. Je compte sur l'encouragement généreux de chacun d'entre vous... N'écris pas le reste. Il me semble que c'est suffisant. Je ne mentionne pas les Castors pour ne pas les attaquer.

Dimanche, l'abbé lit le communiqué à toutes les messes. Aucune réaction apparente. Alfred Beaumarché dit au vicaire à la sortie de la messe :

— J'ai peur que le message d'aujourd'hui indispose des personnes.

Chose certaine, la campagne bat son plein dimanche après-midi. Des solliciteurs passent de porte en porte dans toutes les rues. Même les enfants en parlent. Quelle n'est pas la surprise du vicaire d'entendre les enfants venus servir le salut du Saint Sacrement lui demander :

— Est-ce vrai, monsieur l'abbé, qu'ils vont construire une salle avec des jeux pour les enfants ?

175

La remarque cause des distractions à l'abbé tout le temps du salut.

L'office terminé, le vicaire se demande :

— Qu'est-ce que je ferais bien ce soir ? Je ne suis pas pour retourner à l'hôtel tout de suite... Je l'ai ! Si j'allais rendre visite à M. Durocher.

Quelques minutes plus tard, il entre dans la petite maison brune où demeure la famille Durocher.

— Bonsoir Madame. Est-ce que votre mari...

— Il n'est pas loin. Entrez, monsieur l'abbé.

— Ça fait longtemps que je ne vous ai pas vu.

— Pas si longtemps.

— Ah ! Les semaines sont plus longues ici, avec cette jambe de plomb.

— Vous ne souffrez pas trop, j'espère ?

— Non, pas maintenant. Au début, j'ai dû faire la moitié de mon purgatoire.

— Comme ça vous n'aurez pas perdu votre temps.

— Est-ce que vous désirez voir Jean ?

— Pas nécessairement.

— Il est sorti, ce soir. Il est allé au cinéma. Cela ne lui arrive pas souvent.

— C'est une bonne chose qu'il se distraie un peu. Est-il de meilleure humeur de ce temps-ci ?

— Il semble moins songeur.

— À propos, sauriez-vous comment va la sous-cription des Castors ?

— Quelqu'un est venu me solliciter, cet après-midi. Bien entendu, même si je l'avais voulu, je n'aurais pas pu lui donner grand-chose ; mais depuis le message que vous avez lu ce matin et que Jean m'a rapporté, il n'en est même plus question. Comme le solliciteur n'a rien récolté ici, il n'a guère parlé. Deux amis sont venus me voir ensuite. Ils m'ont dit que les marchands visités vendredi et samedi ont donné de gros montants. Les Castors en ont de besoin s'ils veulent réaliser leurs plans : salle de danse, bar, jeux, cuisine pour les réceptions, etc.

— J'ai bien hâte de voir le résultat de cette campagne. Si tous les gens répondent à l'appel du curé comme vous, il n'y aura pas de problème pour la paroisse.

— Vous devez être embarrassé pour la reconstruction.

— Pas moi, mais le curé.

— Comment se porte-t-il, en effet ?

— Il se remettrait vite si la souscription des Castors ne l'inquiétait pas. L'autre jour, il se plaignait de n'en pas dormir.

Lundi après-midi, le vicaire se rend comme de coutume à l'hôpital. Le curé, en robe de chambre, rôde dans la pièce comme un lion en cage.

— As-tu lu le message que je t'ai donné samedi ?

— À toutes les messes, Monsieur le Curé.

— Est-ce que les gens t'en ont parlé ensuite ?

— À l'église, monsieur Beaumarché m'a dit un mot en passant. Il craint que cela indispose certaines personnes. Le soir, je suis allé chez les Durocher. Votre message l'a incité à ne pas donner aux Castors.

— Il ne pèse pas gros dans la balance celui-là. As-tu d'autres nouvelles de la campagne?

— Dimanche après-midi, les Castors ont fait du porte à porte.

— Oui. Ils ne veulent pas manquer leur coup!

— C'est une dure épreuve pour Bagamak. Le bon Dieu a permis que tout arrive en même temps: l'incendie de l'église et du presbytère, la souscription des Castors et votre maladie. Il doit avoir ses vues.

— Sans doute, mais dans le moment je n'y vois pas clair du tout. J'ai beau prier, réciter chapelet sur chapelet, la situation ne s'améliore pas, elle empire.

— Ne dites pas cela, Monsieur le Curé. Plusieurs choses peuvent se produire d'ici la clôture de la campagne des Castors, vendredi prochain.

— Je le souhaite.

De voir briller encore une lueur d'espoir chez son vicaire fait beaucoup plaisir au curé. Cela lui remonte le moral, lui redonne du courage, assez même pour oublier quelques instants ses soucis et causer d'autres sujets.

— Heureusement que j'ai cette visite tous les jours, se dit en lui-même le curé, sinon je ne sais pas ce que je deviendrais. Les religieuses, les médecins et les infirmières ont beau être gentils, jamais ils ne pourront remplacer ce contact du prêtre avec un autre prêtre. Lui seul peut le comprendre totalement, ressentir ce qu'il éprouve, même s'il ne partage pas les mêmes idées.

Mardi, mercredi et jeudi se sont écoulés sans incident. Aujourd'hui, vendredi, la campagne de souscription des Castors bat toujours son plein. À la radio, on continue de passer des bulletins éclair et le journal local laisse entendre que l'objectif sera probablement atteint. Vérité ou propagande, se demande Monsieur le Curé. Inquiet, il arpente la pièce pour diminuer la tension et risque maintenant une petite excursion dans le corridor d'où il revient, l'air penaud de s'être promené en pyjama devant tant de monde. Et puis, l'interdiction de se surmener l'oblige encore à demeurer couché la plus grande partie de la journée.

Allez donc dormir lorsque les problèmes vous assaillent sans répit et que vous n'y trouvez aucune solution, même temporaire. Impossible à moins de tomber de fatigue ou d'être assommé littéralement par les drogues. Personne ne saura jamais tout ce que son imagination lui aura représenté, alors qu'il regardait le plafond blanc, bien allongé dans son lit. Véritable écran où il a revécu tous les principaux événements de Bagamak, depuis sa nomination comme curé jusqu'à l'incendie qui venait dévorer le fruit de son labeur, incendie dont il a été la cause accidentelle. « Prends un fusible dans la boîte au-dessus du panneau de contrôle. » Ces paroles le font tressaillir d'indignation, à chaque fois qu'elles lui reviennent en mémoire. Non ! Personne ne saura jamais tout ce qu'il aura souffert dans son for intérieur depuis quelques jours.

Rien à faire sinon de tout remettre dans les mains de la Providence et d'attendre l'annonce du résultat de la souscription des Castors qui se termine ce soir. Monsieur le Curé a au moins cette petite consolation qu'il sera l'un des premiers à le savoir. Alfred a promis de se rendre au comité des Castors et de lui téléphoner le résultat dès qu'il le saura.

— Déjà dix heures et je n'ai pas reçu encore de téléphone d'Alfred. Qu'est-ce qu'il fait ?

Impatient, le curé trouve les minutes de plus en plus longues. Enfin la sonnerie retentit.

— Alfred.

— Oui, Monsieur le Curé.

— Quelles nouvelles ?

— Pas trop bonnes, Monsieur le Curé. Les Castors ont presque atteint leur objectif.

— T'es pas sérieux ?

— C'est la vérité. Vous pouvez vous consoler tout de même en vous disant qu'ils auraient atteint ou dépassé leur objectif, s'il n'y avait pas eu votre communiqué de dimanche dernier.

— Tu penses que...

— C'est certain. Quelques-uns n'ont rien donné aux Castors afin de pouvoir encourager plus tard la souscription paroissiale ; d'autres leur ont donné moins pour la même raison.

— Je te remercie bien Alfred de m'avoir téléphoné. Bonsoir.

— L'objectif a été atteint... L'objectif a été atteint... Le curé se répète quelques fois ces paroles comme pour s'en convaincre, puis il ajoute :

— Ça vient de « s'éteindre ».

Jusqu'ici il avait conservé une lueur d'espoir que la campagne des Castors avorterait, qu'il lui serait permis d'organiser la sienne et de reconstruire ensuite l'église de Bagamak plus belle que jamais. Son sens averti des affaires lui découvre maintenant la réalité à nue. Impossible de lancer une autre campagne de souscription avant longtemps. La majorité des souscripteurs des Castors ont dû, sans aucun doute, s'engager à verser leur contribution par versements mensuels et ils ne seront guère intéressés à recommencer aussitôt ces versements terminés. Impossible aussi de reconstruire avec les seules indemnités reçues des compagnies d'assurance. Il faudra s'endetter et raisonnablement, ce qui signifie éviter tout luxe. S'endetter raisonnablement ! Une dette demeure toujours un fardeau dont on a hâte de se décharger, une tumeur toujours prête à se développer et à accaparer les énergies vitales. Il faudra donc construire une église à peine convenable pour une paroisse de la dimension de Bagamak.

Tard dans la nuit, le curé fouille des yeux l'obscurité de la chambre à la recherche du crucifix cuivré pour s'accrocher à la seule réalité qui lui reste.

Samedi après-midi, on frappe à sa porte.

— Entrez !

— Bonjour, Monsieur le Curé.

Et le vicaire s'avance vers le lit où le curé fait la sieste.

— Tu es de bonne heure aujourd'hui.

— J'ai eu l'occasion de venir avec M. Durocher.

On doit radiographier sa jambe dans quelques minutes pour voir si elle guérit bien.

— Des complications?

— Aucune, mais on veut prendre toutes les précautions possibles.

— Et Jean?

— Il travaille toujours à la mine...

Pour ne pas se laisser entraîner sur un terrain dangereux, l'abbé omet le reste des informations qu'il pourrait donner au sujet de Jean. Il préfère plutôt lui dire puisqu'il doit tenir son curé au courant :

— Excusez-moi, Monsieur le Curé, mais j'avais oublié de vous informer que j'ai demandé au procureur une bourse plus considérable qu'à l'ordinaire pour Robert.

— As-tu reçu une réponse?

— Pas encore.

— Tu as bien agi. Il y aura au moins ce problème-là qui va se résoudre à Bagamak.

— Il ne faudrait pas vous rendre plus malade, Monsieur le Curé, en vous tourmentant au sujet de Bagamak.

— Je le sais. Le docteur me le dit tous les jours, mais je t'assure que ce n'est pas facile avec la façon dont tournent les événements.

— Vous connaissez le résultat de la campagne?

— Oui.

— Je comprends que...

— Tu t'imagines sans doute que je suis désolé parce que je ne pourrai pas reconstruire une église moderne, à l'épreuve du feu et décorée, et en plus un presbytère confortable. Voilà ce que je pensais hier soir. Aujourd'hui, c'est bien autre chose.

Le curé hésite un moment avant de continuer. Va-t-il livrer le fond de sa pensée à son jeune confrère? N'est-ce pas humiliant? Par contre, n'y a-t-il pas là une excellente occasion de montrer quelle souffrance peut torturer parfois l'âme d'un pasteur?

— Depuis ce matin, j'essaie de m'expliquer la conduite des gens de Bagamak. Pourquoi ont-ils tous souscrit à la campagne des Castors?

— Pas tous, Monsieur le Curé. Par exemple, M. Durocher.

Le vicaire essaie de minimiser les choses pour les rendre plus supportables. Manœuvre trop évidente pour que le curé ne s'en aperçoive.

— N'essaie pas d'atténuer les faits. Ils sont trop clairs. La grande majorité a contribué largement en dépit de mon message que tu as lu dimanche dernier. Comment expliquer cette conduite? Ne suis-je pas leur curé? Leur pasteur? Ne sont-ils pas tous en grande partie des catholiques? Pourquoi n'ont-ils pas écouté mon appel? Si je leur avais demandé quelque chose d'extraordinaire ou d'accessoire, cela pourrait s'expliquer. Au contraire, je leur ai rappelé une obligation fondamentale de la vie chrétienne : offrir à Dieu un temple pour son culte.

L'abbé écoute, pensif, le monologue du Curé qui décrit tous les services qu'il a rendus à Bagamak depuis huit ans, les sacrifices qu'il s'est imposés parfois, l'estime que la population semblait lui porter. Jamais il ne s'attendait à une épreuve pareille, et, pour dire le mot, à une telle ingratitude de la population de Bagamak. Que peut faire un vicaire en une circonstance semblable sinon sympathiser en silence à la douleur de son confrère aîné, douleur où se mêlent les motifs les plus élevés de la vie sacerdotale aux sentiments les plus forts de la nature humaine : du culte que nous devons rendre à Dieu à l'attente de la reconnaissance.

Épuisé, le curé s'arrête pour passer une main sur son front qui miroite de sueur. Le vicaire constate alors qu'il vaut mieux se retirer pour ne pas le fatiguer davantage.

— Vous allez m'excuser, Monsieur le Curé, mais je dois vous quitter. Auriez-vous quelque message pour le prône de demain ?

— Je n'ai rien à dire. Et d'ailleurs à quoi cela servirait-il ?

Cette atmosphère de déception accable le curé le reste de la journée plus encore que l'air brûlant de cet été torride.

Un prêtre malade ou en vacances pense spontanément à sa paroisse le dimanche matin. Voilà ce que fait ce matin le curé de Bagamak. Il songe à sa paroisse. Il se voit à l'œuvre, non pas dans la salle d'école, mais dans son ancienne église prêchant, disant la messe et rencontrant une foule de personnes entre les messes. Quel bonheur !... Non ! Quelle illusion ! se dit-il. Toute cette foule qui semblait m'écouter, qui semblait vivre chrétiennement, en fait, n'était pas fidèle, ne possédait pas une foi véritable. Les derniers événements l'ont prouvé. J'ai cru parce que je voyais mon église se remplir le dimanche et les gens s'approcher de temps en temps des sacrements, que je n'avais pas à espérer davantage. Il faut être réaliste, disais-je à mon vicaire. Triste réalité dont je récolte aujourd'hui les fruits. Ces âmes aux racines peu profondes se sont laissées facilement entraîner par la tornade du plaisir qui s'est abattue sur Bagamak. « Bagamak est trop tranquille ! La paroisse recevra un bon montant des assurances ! Il faut toujours bien s'amuser un peu ! » Autant de leitmotive qui ont dû circuler durant la campagne des Castors.

Retenu par une couple de baptêmes, le vicaire ne vient pas rendre sa visite quotidienne au curé qui tisonne son chagrin au fil des heures. Seuls quelques membres de sa parenté ont la permission de le visiter durant l'après-midi. La consigne « pas de visiteurs » est toujours en vigueur.

C'est avec un sourire sur les lèvres et l'air enthousiaste que le vicaire pénètre dans la chambre du curé le lundi après-midi.

— Tu as l'air de bonne humeur.

— J'ai des bonnes nouvelles. Le procureur m'a répondu qu'il accordait une bourse extraordinaire à Robert Durocher. Ainsi, il pourra commencer son cours classique dès septembre. Jean n'aura plus à s'inquiéter et j'espère qu'il ira au grand séminaire dès cette année.

— Jean le sait-il ?

— Pas encore. J'ai reçu la réponse seulement ce matin. J'ai l'intention de le rencontrer ce soir.

— Il semble hésitant, n'est-ce pas ?

— Oui. Un problème d'argent, comme vous le savez, et d'autres choses.

À ces mots « et d'autres choses », le curé se rappelle cette conversation entre son vicaire et Jean qu'il avait entendue par hasard. « Jean avait un peu raison tout de même, se dit-il en lui-même. Je ne me suis pas préoccupé de lui, et s'il entre au grand séminaire en septembre le mérite en revient à mon vicaire. Si je pouvais partager ce bonheur aujourd'hui, comme cela me ferait du bien. »

Le souvenir de Jean évoque aussi celui de Louis chez le curé.

— Vois-tu Louis de temps en temps ?

— Je ne l'ai pas rencontré depuis plusieurs jours.

— Je ne sais pas s'il pense encore à la prêtrise. Ce n'est pas mon habitude de me mêler des affaires des autres, tu le sais, mais dis-lui donc de venir me voir ce soir ou demain.

Son vicaire parti, le curé replongé dans sa solitude, repasse la conversation qu'il vient d'avoir. Une phrase qu'il a prononcée l'arrête. « Dis donc à Louis de venir me voir... » « Pourquoi ai-je lancé cette invitation ? Ce n'est pas mon habitude de me mêler des affaires des autres, comme je le disais au vicaire. Pourquoi ? Est-ce la crainte de voir mon jeune confrère me surpasser ou serait-ce pour un autre motif ? » Pour un moment, le curé se concentre et essaie d'analyser son état d'âme. Depuis l'incendie, combien de sentiments n'a-t-il pas éprouvés ? En premier, ce fut la désolation de voir son église et son presbytère réduits en cendres, de contempler la ruine de plusieurs années de labeur. Puis, vendredi soir dernier et les jours qui suivirent la triste constatation de la ruine spirituelle de sa paroisse. Constatation plus alarmante que la première. Et ce soir, il s'inquiète de Louis Beaumarché. Pourquoi?... Louis songe au sacerdoce. Il possède de belles aptitudes. Il représente l'une des seules richesses qui survivent à Bagamak. S'il perdait ce désir, n'en serais-je pas un peu la cause comme je l'ai été pour l'incendie... Le bazar me préoccupait bien plus que tout le reste. M... Bazar!...

Soudain, à la vitesse de l'éclair qui déchire le ciel et illumine le paysage en une fraction de seconde une idée surgit dans le champ de sa conscience et l'éblouit de stupéfaction. La cause de la tiédeur de Bagamak lui apparaît clairement. La réponse à ce pourquoi qui le hantait depuis quelques jours est là, visible, pourrait-on dire.

— Je me suis préoccupé de trop de choses secondaires, matérielles, murmure-t-il. Cette fois-ci, je désirais un tapis pour le sanctuaire, une autre fois des lampadaires de luxe pour le perron de l'église, etc. Huit années de ministère y ont passé. J'exagère, dira-t-on, parce que j'ai dit la messe tous les jours, confessé, enfin administré la paroisse. C'est vrai que j'ai rempli les devoirs essentiels, que j'ai donné le minimum. Je récolte aussi aujourd'hui le minimum : une population à la foi anémique, sujette à toutes les influences du monde. Accaparé que j'étais par ces organisations diverses, je n'ai pu donner à ma paroisse une vie chrétienne plus intense par une prédication, une liturgie et une pastorale plus réfléchies... Combien d'âmes sont demeurées à l'état de bourgeons dans la vie spirituelle ou ont même pourri faute de soins? La vocation de Louis n'est-elle pas sur le point de ne jamais éclore?

Effaré par ces reproches qu'il s'adresse, le curé frémit. Son moi se rebelle et soulève une foule d'excuses pour anéantir les accusations.

— Tu n'es pas si coupable. Tu as agi ainsi pour plaire à tes paroissiens. Ce sont eux qui te réclamaient sans cesse plus de confort, plus de luxe. Ce sont eux qui voulaient rivaliser en splendeurs avec les paroisses des grandes villes. Et ils t'ont même encouragé à jouir de la vie comme eux.

Un véritable combat se livre dans l'âme du curé, qui, adossé sur une pile d'oreillers, sent son cœur palpiter.

— Excuses, toujours des excuses. J'en ai entendu assez dans ma vie pour ne plus y croire. Je suis leur curé, leur pasteur. C'était de mon devoir de les guider, de ne pas me laisser entraîner par le troupeau. Aujourd'hui, les gens écouteraient ma voix. Ils ne ressembleraient pas à ces grands enfants qui réclament sans relâche de leurs parents plus de gâteries jusqu'au jour où ils les abandonnent, après les avoir ruinés, pour aller chercher fortune ailleurs. « Vous êtes le sel de la terre. Mais si le sel s'affadit, avec quoi le salera-t-on ? » (Matthieu 5,13.)

Quand Louis Beaumarché entre dans la chambre du curé ce même soir, il trouve un homme tout différent de celui qu'il avait connu. Au lieu d'un beau visage rond, empreint de bonhomie, au regard pétillant, il voit une figure plissée, aux joues flasques, dont le regard semble éteint.

Après quelques questions d'usage, le curé demande au grand étonnement de Louis :

— Penses-tu toujours au sacerdoce, Louis?

— Oui, un peu.

— Ta réponse n'est guère précise.

— Avant les vacances, j'y pensais beaucoup, je dirais. Aujourd'hui, moins.

— Pourquoi?

L'air embarrassé, Louis hausse les épaules.

— Eh bien, je vais te le dire. Tu te laisses envoûter peu à peu par les biens d'ici-bas : l'argent, les honneurs, les plaisirs. Vu la situation sociale de ton père, tous ces biens sont à la portée de ta main et durant les vacances tu as l'occasion d'y goûter.

— Vous me surprenez, Monsieur le Curé. Je ne vous ai jamais entendu parler de cette façon, rétorque Louis d'un ton blagueur pour relâcher l'étreinte du curé.

— Si tu traversais l'épreuve que je subis en ce moment, tu ne le serais pas. Elle m'a enseigné bien des vérités. Moi aussi, même prêtre, je me suis laissé enjôler et j'ai voulu me créer un petit paradis terrestre : une belle église, un presbytère confortable et une situation honorable dans la paroisse. Le feu m'a tout ravi en l'espace de quelques heures. Il me reste la foi et un peu d'amour. Épreuve, ai-je dit. Je devrais dire grâce, grâce insigne que Dieu m'a faite de redécouvrir l'essentiel avant le grand dépouillement de la mort.

Louis écoute, l'air perplexe.

— En t'appelant au sacerdoce, Dieu t'invite à rechercher les valeurs éternelles, à les vivre tous les jours de plus en plus pour les communiquer aux autres en abondance. Ne refuse pas cette grâce...

Sous le choc de ces paroles, Louis Beaumarché baisse la tête. Il comprend que le curé parle sérieusement et l'avait fait venir dans ce but. Après quelques instants de silence, Louis promet d'y réfléchir durant sa deuxième année de philosophie.

Afin de converser plus à l'aise, le vicaire a téléphoné à Jean de venir le rencontrer à l'hôtel vers les huit heures, car il avait une bonne nouvelle à lui annoncer.

Il termine la récitation de son bréviaire lorsqu'on frappe à la porte de sa chambre.

— Entrez !

— Bonsoir, monsieur l'abbé.

— Bonsoir, Jean. Tu es de bonne heure.

— Excusez-moi si je suis venu plus tôt, parce que j'avais hâte d'avoir des nouvelles de...

— De qui ?

— J'imagine qu'il doit s'agir de Robert.

— Tu ne te trompes pas. J'ai reçu aujourd'hui une lettre du procureur diocésain, qui accorde une bourse spéciale à ton frère, bourse qui paiera presque la totalité de sa pension et de sa scolarité cette année. L'an prochain, on verra.

— Hourra !

Jean déborde de joie. Enfin ce problème qui le hantait depuis quelques semaines est résolu. Robert pourra commencer son cours classique dès cette année. Il tape à deux mains sur les épaules du vicaire.

— Merci beaucoup, monsieur l'abbé. Vous nous avez rendu un grand service.

D'un jugement rapide, l'abbé s'aperçoit que l'occasion est propice pour aborder l'autre sujet.

— C'est à ton tour maintenant de me faire plaisir.

— Quoi?

— Dis-moi que tu entres au grand séminaire en septembre.

Surpris de cette question, Jean garde un moment le silence, le sourire figé sur ses lèvres.

— Oui, monsieur l'abbé. J'ai fini de branler.

— C'est à mon tour de te taper sur l'épaule. Et l'abbé de le secouer comme un frère.

Le moment d'enthousiasme passé, ils s'assoient tous les deux pour continuer de causer amicalement. C'est alors que Jean confie au vicaire la transformation qui s'est opérée dans son âme dans les derniers jours, transformation qui lui a permis, tantôt, de répondre oui. À la suite de l'incendie et de la maladie du curé, il a compris que l'Église attend sans cesse de la jeunesse une relève pour remplacer les hommes et les choses qui disparaissent. Mystère de l'Église qui ressemble à celui de la terre où chaque printemps l'herbe nouvelle vient remplacer le chaume jauni. Ce n'est pas dans le refus qu'on bâtit le monde meilleur qu'on espère.

Malgré l'heure avancée, le curé n'a pas sommeil. Son intelligence fébrile veut pousser plus loin l'analyse. Toute une foule de réminiscences remontent à la surface et viennent se greffer sur l'expérience qu'il est en train de vivre. Phrases ou faits que sa mémoire a enregistrés au cours des ans à l'occasion des retraites annuelles, de lectures ou de discussions avec des amis. « N'abusez pas de l'axiome : Il faut prier sur la beauté, sinon vous verrez demain vos églises désertes comme les cathédrales de certains endroits. » Ces paroles l'avaient fait sourire dans le temps. Aucune comparaison, disait-il entre la richesse de ces cathédrales et nos églises de brique et de plâtre. Aujourd'hui, hélas ! il découvre combien ces paroles sont en voie de se réaliser à Bagamak. La beauté d'un temple n'engendre pas à elle seule la foi ; la richesse est une valeur relative. Bien que construite en pierre et en plâtre, l'église de Bagamak représentait dans son milieu, à cause de son ornementation un élément de richesse. Le curé se souvint aussi de cette sentence : le matérialisme envahit nos églises. Phrase mystérieuse à l'époque dont il saisit ce soir pleinement le sens. N'avons-nous pas tendance à nous satisfaire d'un accomplissement matérialiste du premier commandement ? Nous croyons avoir atteint l'idéal lorsque nos cérémonies se déroulent avec ordre dans un temple magnifique au son d'un orgue et d'un chœur puissants tandis que les ornements en drap d'or miroitent sous les réflecteurs. Comme un bon spectacle ne garde pas l'affiche indéfiniment, un culte même somptueux mais sans âme ne dure pas davantage.

Aux prises avec un problème, nous éprouvons tous une certaine détente lorsque nous commençons à ébaucher une solution. Ce phénomène se produit chez le curé qui glisse lentement dans un sommeil profond qui élimine un peu la fatigue des derniers jours.

Mardi après-midi, Monsieur le Curé attend en vain la visite de son vicaire. Il a hâte de lui raconter son entrevue avec Louis, d'observer l'étonnement de son jeune confrère au récit de cette démarche, de connaître aussi la réponse de Jean. Il désire cependant une autre chose. Jusqu'à ce matin sa réflexion a porté sur l'incendie, la souscription des Castors, leurs causes et leurs conséquences, et enfin sur le problème des vocations de Jean et Louis. Une personne avait été oubliée, qui vit pourtant à ses côtés : son vicaire. Depuis son réveil, Monsieur le Curé essaie de découvrir le fond de la pensée de son confrère, le ressort qui semble l'animer sans défaillances.

L'abbé arrive à l'hôpital tôt après le souper avant que le curé ne désespère. Aurait-il oublié de venir cet après-midi ? Non. Il s'était permis une courte excursion au bord d'un lac. Cette excuse plaît au curé, heureux de constater un sens de la mesure chez son vicaire qui n'a pas eu grand répit depuis quelque temps. On échange les nouvelles. On cause de mille et une choses jusqu'à ce que le curé pose cette question :

— D'après toi, quel doit être le centre d'une vie sacerdotale consacrée au service paroissial ?

Surpris d'une telle question de la part de son curé, le vicaire demande :

— Parlez-vous sérieusement ?

— Oui, oui. À l'hôpital, tu verras, on soigne bien des maladies.

— Monsieur le Curé, vous vous rappelez que je suis allé à Saint-Bernard le jour de l'incendie. À cette occasion, j'ai rendu visite au curé Vaillant et j'ai discuté le même problème. Depuis ce jour, j'ai médité souvent sa réponse qui me semble synthétiser toutes les idées que j'avais auparavant.

— Dis-moi cela.

— La vie du prêtre paroissial s'identifie à celle de ses fidèles et la messe représente le pôle autour duquel gravite toute la vie paroissiale. La prédication, les sacrements, la liturgie, le catéchisme, les mouvements d'apostolat ou de bienfaisance sont autant de rayons qui révèlent le Christ aux âmes et les acheminent vers la table sainte, sommet de la foi. Chaque activité spirituelle ou matérielle, un triduum ou une partie de cartes, par exemple, est subordonnée à ce but et n'est recherchée que dans la mesure où elle y concourt. Et dans cette perspective, le temple, même le plus modeste, remplit la fonction de maison de Dieu, de maison du pain, où les fidèles viennent alimenter leur vie spirituelle pour retourner œuvrer au milieu du monde en véritables fils de l'Église.

— C'est beau ! Je vais y réfléchir.

Quelques minutes plus tard, le vicaire se retire laissant le curé à sa réflexion. Pour un moment, l'abbé sent qu'il va pleurer de joie. Disparue cette divergence qui régnait entre lui et son curé !

De sa fenêtre, le curé contemple le soleil vermeil qui glisse de plus en plus vite vers l'horizon et semble se diluer dans le ciel sans nuages que découpe la silhouette des maisons.

— Ma course achève, moi aussi. Je n'ai plus la force physique pour entreprendre à la fois la reconstruction spirituelle et matérielle de Bagamak... Mieux vaut démissionner et donner la place à un autre... Je n'organiserai plus de bazar à Bagamak.